Wiebke Jungfleisch · Vorläufiger Abschied

Wiebke Jungfleisch

Vorläufiger Abschied

Die Geschichte einer Entwicklung

Die Deutsche Bibliothek – CIP-Einheitsaufnahme
Ein Titeldatensatz für diese Publikation ist bei
Der Deutschen Bibliothek erhältlich.

Autorin und Verlag unterstützen das Albert-Schweitzer-Kinderdorf in Hessen e.V.,
das verlassenen Kindern und Jugendlichen ein Zuhause gibt.
Wenn Sie sich als Leser an dieser Förderung beteiligen möchten, überweisen Sie bitte
einen – auch gern geringen – Betrag an die Sparkasse Hanau, Kto. 19380, BLZ 506 500 23,
mit dem Stichwort »Literatur verbindet«, Autorin und Verlag danken Ihnen dafür!

Herstellung und Verlag:
BoD - Books on Demand, Norderstedt

ISBN 978-3-7357-8385-1

Satz und Lektorat: Martina Dold
Titelillustration: Wiebke Jungfleisch

Dieses Werk und alle seine Teile sind urheberrechtlich geschützt.
Nachdruck, Vervielfältigung in jeder Form, Speicherung,
Sendung und Übertragung des Werks ganz oder
teilweise auf Papier, Film, Daten- oder Ton-
träger usw. sind ohne Zustimmung
des Verlags unzulässig und
strafbar.

Printed in Germany

STUFEN

Wie jede Blüte welkt und jede Jugend
Dem Alter weicht, blüht jede Lebensstufe,
Blüht jede Weisheit auch und jede Tugend
Zu ihrer Zeit und darf nicht ewig dauern.
Es muß das Herz bei jedem Lebensrufe
Bereit zum Abschied sein und Neubeginne,
Um sich in Tapferkeit und ohne Trauern
In andre, neue Bindungen zu geben.
Und jedem Anfang wohnt ein Zauber inne,
Der uns beschützt und der uns hilft zu leben.

Wir sollen heiter Raum um Raum durchschreiten,
An keinem wie an einer Heimat hängen,
Der Weltgeist will nicht fesseln uns und engen,
Er will uns Stuf' um Stufe heben, weiten.

Kaum sind wir heimisch einem Lebenskreise
Und traulich eingewohnt, so droht Erschlaffen,
Nur wer bereit zu Aufbruch ist und Reise,
Mag lähmender Gewöhnung sich entraffen.
Es wird vielleicht auch noch die Todesstunde
Uns neuen Räumen jung entgegensenden,
Des Lebens Ruf an uns wird niemals enden ...
Wohlan denn, Herz, nimm Abschied und gesunde!

Hermann Hesse

Inhalt

Bullerbü in Hamburg 7
Äussere und innere Räume 25
Zwischenbilanz 39
Beruf und Berufung 41
Aufbruch 49
Der Wanderer in meiner Seele 54
Nestbau und Revierkämpfe 69
Der Weg zu meinen Wurzeln 99
Meine spirituelle Heimat 124
Der Abschied 134
Über den Tod hinaus 146
»Und jedem Anfang wohnt ein Zauber inne« 158

Mein Liebster,

heute nacht ist der Sommer umgebrochen – es hat nach einem Tag voller Schwere in der Luft den ersehnten Regen gegeben; sein gleichmäßiges Rauschen war es diesmal, was mich geweckt hat, und ich bin ans Fenster getreten, um mich beruhigen zu lassen von einem Blick auf die Straße: nein, keine Überschwemmung in Sicht, nur ein ganz normaler Sommerregen – »temps lourd et orageux«.

Ich habe hier völlig Deine Rolle übernommen, was besorgtes Vaterverhalten für unser geliebtes Haus betrifft. Und wenn man meinen eigenen Mutteranteil dazurechnet, dann ist es reich gesegnet mit Fürsorglichkeit, wie ein wohlbehütetes Kind ...

Oder waren immer eher *wir* seine Kinder, die zu jeder Jahreszeit unterschlüpfen konnten und ungefiltert unsere Geschichte von Zuhause hierherbrachten, um sie hier auszuleben und schon auf der Heimfahrt die ersten Sehnsuchtsschübe nach unserer geliebten zweiten Heimat in Südfrankreich zu bekommen ...?!

Du begegnest mir hier auf Schritt und Tritt, und mir wird hier klarer und bewußter als anderswo:

Nichts geht verloren von dem, was wir denken, fühlen und tun.

Und so treffe ich auf meinen Gängen durchs Gelände oder durchs Haus nicht nur auf all die Veränderungen, die wir gemeinsam geschaffen haben, sondern gehe gleichzeitig durch all die Gedankenwelten, die hier entstanden sind. Unser revolutionärstes Gedankenkind war wohl, eines Tages aus dem gesicherten Beamtendasein auszusteigen und in Südfrankreich ein Restaurant aufzumachen ...

»Wenn die Muse mich nicht doch noch küßt und ich ein Buch schreibe. Denn von irgendwas müssen wir dann ja leben« – war immer meine Einschränkung.

Es war eine so schöne Idee, sie hat uns lange wie ein Floß vorangetragen und zusammengeschmiedet: Wir zwei bauen uns gemeinsam noch einmal etwas auf, wenn die Kinder mit der Schule fertig sind und flügge das Nest verlassen ...

Und was tue ich jetzt?

Doch schreiben, wie es immer meine geheime andere Sehnsucht war.

Oh Liebster, Liebster, jedes Mich-Einlassen auf Papier und Stift ist eine ganz besondere Art von Verabredung mit Dir, sozusagen im Sonntagskleid, frisch gekämmt und mit sauberen Fingernägeln, mit einer besonderen Andacht und Intensität, und sofort ist wieder alles da aus unserem gemeinsamen Leben, diese zwanzig Jahre, die so voll und so reich waren, daß sie mühelos ein ganzes Menschenleben füllen könnten.

Nichts geht verloren von dem, was man denkt, fühlt und tut, und ich möchte es festhalten.

Und so wird die Nacht für mich zu einem ganz besonderen Ort, wo ich Dich allein und ungestört finden kann, und wir lassen gemeinsam alles vorbeiziehen, was mit Gedanken bedacht werden soll und was uns weiterträgt in die Zukunft.

Bullerbü in Hamburg

Woher kommen wir und wohin gehen wir? ...

Und so begebe ich mich auf die Spuren meiner eigenen Geschichte – sie führen durch ein volles Leben mit wechselnden Orten und vielen dramatischen Wendungen. Erst der Abstand der Jahre ermöglicht es mir, das ihnen innewohnende Muster zu erkennen.

Woher kommen wir und wohin gehen wir? Mit wem haben wir uns hier verabredet? Welcher Aufgabe haben wir uns versprochen? Was ist der Sinn des Lebens? Welches Thema hat unser Leben, was gilt es zu erlösen?

Mein Leben hat ganz offensichtlich Verlust und Abschied zum Thema,
und es begann in Hamburg ...

Meine Eltern waren »Zugereiste«, denn ihre eigenen Geburtsorte lagen in Westfalen beziehungsweise in einem kleinen Ort im heutigen Dänemark nahe der deutsch-dänischen Grenze. Mein Vater war Jahrgang 1893, er hatte zwei Weltkriege miterlebt; meine Mutter war 1912 geboren worden. Der Altersunterschied zwischen ihnen war also beträchtlich – neunzehn Jahre. Bei Kriegsende lernten sie sich in einem Lazarett bei Heidelberg kennen, beide arbeiteten dort als Ärzte. Sie heirateten und suchten sich als Wahlheimat Hamburg aus, wo sie gemeinsam eine Praxis eröffneten.

Mein Vater hatte eine großzügige Altbauwohnung gefunden, die Platz für die Praxisräume und die Zimmer unserer Privatwohnung bot.

Als »Spätberufene« – mein Vater war bei meiner Geburt 58 Jahre alt, meine Mutter 39 Jahre – setzten sie in kurzzeitiger Aufeinanderfolge meine Schwester und mich in die Welt.

Die enge räumliche Verwobenheit von Berufs- und Privatleben ermöglichte es meiner Mutter, auch nach unserer Geburt im Praxisgeschehen mitzuwirken. Alle Familienmitglieder wie auch die Patienten hatten somit großen Anteil am Leben in der anderen Etagenhälfte ...

Für mich war die ständige Nähe der mir liebsten Menschen eine Quelle von Geborgenheit, Schutz und Wohlbefinden. Es fehlten die täglichen kleinen Abschiede des morgendlichen Aus-dem-Haus-Gehens, um nach geleisteter Arbeit wieder heimzukehren.

›Jeder Abschied ist ein kleiner Tod‹– in den ersten Jahren meines Lebens blieb mir diese Erfahrung erspart, denn meine Eltern waren immer in meiner Nähe. Statt dessen fühlte ich mich wie eine Schnecke, die ihr Haus mit sich herumträgt und damit alles bei sich hat, was sie braucht, um sich wohl zu fühlen. Diese Quelle war immer erreichbar für mich, und ich konnte sie jederzeit aufsuchen, um neue Kraft zu schöpfen.

So war meine Kindheit in Hamburg bestimmt durch das Leben in und um die Praxisräume:

Durch eine doppelflügelige Haustür fiel man sozusagen »mit der Tür ins Haus«, sprich ins Wartezimmer der Patienten – ich erinnere mich noch heute an meine Durchläufe und Durchmärsche durch dieses Wartezimmer, oft mit Tränen, lautem Weinen und aufgeschlagenen Knien. Den Patienten wurde so ein familiäres Unterhaltungsdrama in der oft längeren Wartezeit mitgeliefert.

Von diesem Wartezimmer führte eine Tür in einen Flur, links ging es zu unseren drei Privaträumen, rechts in die Sprech- und Behandlungszimmer der Praxis und in den Keller, um den sich bei uns Kindern viele Gruselgeschichten und Träume rankten.

Unser Wohnungs-Praxiskomplex war sozusagen der Kopfteil eines langgestreckten, zweigeschossigen Mehrfamilienhauses, gebaut in der typisch norddeutschen Klinkerbauweise. Das ganze Haus ist eingebettet in einen weiträumigen Garten, der im vorderen Teil, vor unserer Wohnung, mit einer breiten mehrstufigen Treppe und einem uralten Kastanienbaum seinen Anfang nimmt. Rechnet man noch die Straße dazu, so ist der Radius meiner Kindheit damit umrissen. Das also war meine Welt! Voller Abenteuer, voller Geheimnisse, und nichts war spannender als jeder neue Tag.

Die ersten vier Lebensjahre verliefen dabei in der klassischen Familienkonstellation: Mein Vater arbeitete in der Praxis, direkt neben und um uns, meine Mutter führte den Haushalt.

Die Erinnerungen aus dieser Zeit sind eine Mischung aus Erzählungen von Dritten und dem, was sich mir selbst an einzelnen Szenen eingeprägt hat: Meine Schwester, die als Vierjährige unerlaubt in das Behandlungszimmer hineinplatzte, als mein Vater dort gerade eine halbbekleidete Patientin untersuchte, sich ungerührt vor meinen verdutzten Vater pflanzte und ultimativ zehn Pfennig wöchentliches Taschengeld verlangte, um sich sofort einen Lolly kaufen zu können. Sie kassierte ein Schmunzeln und eine Ohrfeige – ich glaube, es war die einzige.

Oder mein Vater im Wohnzimmer mit meiner Schwester und mir: mit dem energischen Satz, der ihm auch Programm war: »Wenn ich schon zwei Töchter habe und keine Söhne, dann sollen sie wenigstens keine Zimperliesen werden« (was ihn nicht hinderte, uns mit Liebe und Nachsichtigkeiten zu verwöhnen!) setzte er sich zu unserem quietschenden Vergnügen an der Spitze unserer kleinen Kolonne in Bewegung. In Strümpfen ging es dann zu einem von ihm gesungenen Lied über den Wohnzimmertisch, die Sessel und das Sofa, er vorneweg, wir selig hinterher, immer im Kreis. Meine Mutter stand derweil im Türrahmen und schlug die Hände über dem Kopf zusammen.

Überhaupt: mein Vater ... Er war die zentrale und beherrschende Figur meiner ersten Jahre. Groß, stattlich, voller Güte, Wärme, Abenteuer – und Lebenslust! Ihm habe ich zu verdanken, daß sich diese Eigenschaften und Fähigkeiten zu Leitbildern in meinem Leben verdichteten.

Der Mythos um seine Person wurde in den Jahren nach seinem Tod ergänzt und ausgeschmückt durch die Reaktionen der weiblichen Verwandtschaft, die ihre Erinnerungen an ihn zum besten gaben, um die Kindheitserinnerungen von meiner Schwester und mir wachzuhalten – und um sich selber etwas Gutes zu tun: mit sehnsüchtigem Seufzen wurde erzählt, was für ein toller Mann er gewesen war, der jeden anderen Mann blaß erscheinen ließ, wenn er den Raum betrat; der im Krieg bei dem Afrika-Feldzug unter Einsatz seines Lebens Kriegsgefangene befreit hatte.

Bei diesen Geschichten spielte sich in mir sofort ein ganzer Film ab: Ich sah einen jungen und mir unbekannten Mann auf allen vieren durch den Wüstensand robben, auf dem Weg zu den Stacheldrahtzäunen, hinter denen die Gefangenen darbten ... Mein Vater, der Held ...

Geblieben ist mir die Erinnerung eines großen Herzens voller Wärme und Fröhlichkeit, ein Mensch, der schon am Ende seines Lebens angekommen war, als er eine Praxis aufmachte und eine Familie gründete.

Er starb an einem Sonntagmorgen, als er mit meiner Schwester an der Hand und mir auf dem Arm durch die noch halbdunkle Wohnung ging, um uns etwas zu trinken zu holen. Ich war damals vier Jahre alt und die Szene hat sich mir eingebrannt: meine um ein Jahr ältere Schwester an der rechten Hand meines Vaters, ich auf dem linken Arm. Es war noch ganz still überall, in der Wohnung, im Haus, auf der Straße. Alles wirkte gedämpft – das durch die Vorhänge zurückgehaltene Licht ebenso wie die vorsichtigen Geräusche, die wir drei, noch nicht ganz wach, bei unserem Gang durch die Wohnung im dämmrigen Morgenlicht machten.

In der Küche setzt er mich vorsichtig ab und fällt Sekunden später in voller Länge um, wie ein gefällter Baum. Ich erinnere mich, keinen Laut oder Ton von ihm gehört zu haben. Ein glatter Schnitt. Wir beiden Kinder starren entsetzt auf ihn, der eben noch so groß war und nun unter uns auf dem Boden liegt, und stürzen schreiend zurück ins Schlafzimmer »Mutti, Mutti, der Vati ...«

Meine Mutti schreckt aus dem Bett hoch, springt auf und hastet in die Küche. Mit schreckgeweiteten Augen kommt sie sofort zurück und sperrt uns ins Schlafzimmer ein. Meine Schwester Nesi und ich klammern uns aneinander, weinen und verstehen nichts mehr. Ein Abgrund tut sich auf unter mir, und ich spüre die Kälte einer bodenlosen Dunkelheit.

Es scheint mir eine Ewigkeit zu vergehen, bis Mutti wiederkommt, die Tür aufsperrt und uns mit rotgeweinten Augen auf den Arm nimmt. Warum sagt sie nicht, daß nichts passiert ist, daß alles gut wird?!

Mein Vater ist bereits abgeholt worden.

An die kommende Zeit erinnere ich mich nur schwach. Ich weiß noch, daß ich mich ängstlich, verwirrt und orientierungslos fühlte, ohne eine konkrete Bedrohung nennen zu können. Meine Welt hatte Risse bekommen.

Äußerlich war es die Zeit der betriebsamen Umorganisierung. Da meine Mutter niemanden hatte, der auf uns aufpassen konnte, kamen meine Schwester und ich für einige Zeit in ein Kinderheim an der Ostsee. Geblieben ist mir die Erinnerung an weißen Sandstrand, Salzwasser, Wellen und karge, trostlose Schlafsäle mit Betten darin. Ich habe viel geweint dort.

Meine Mutter übernahm die Praxis, für die Haushaltsführung wurde ein Mädchen eingestellt, Brigitte, die auch bei uns wohnte und dazu einen Raum im Keller bezog. Um unseren Seelenhaushalt kümmerte sich ab sofort meine Omi, die Mutter meiner Mutter, die ebenfalls bei uns einzog. So hatte jeder wieder einen Platz, einen alten oder einen neuen, und das Leben ging weiter.

Die Lücke, die mein Vater hinterließ, war für mich nur manchmal spürbar: Er hatte sich – oder ich ihm? – eine kleine wichtige Stelle in meinem Herzen eingerichtet, wie eine Grotte mit Altar und Kerze mit ewigem Licht, und nichts und niemand hat ihm diesen Platz nehmen können. Wärme, Fröhlichkeit und Lebensmut beziehe ich heute aus mir, und ein wichtiger Ort in mir ist dafür auch diese Ecke, wenn auch mein Vater dort nicht mehr ganz alleine wohnt ...

Tiefgreifender als die Tatsache, daß *er* gegangen war, war das Gefühl der völligen Verunsicherung, daß ein Mensch mein Leben verlassen hatte, der ein Grundpfeiler meines Glücks und meiner inneren Stabilität gewesen war.

Meine Mutter rückte nunmehr vor in die erste Reihe meines Lebens: sie wurde der Ernährer unserer kleinen Frauengemeinschaft und der Erzieher. Zu der Beschreibung ihrer Persönlichkeit zählen Eigenschaften, die zum Teil Gegenpol und Ergänzung zum Wesen meines Vaters waren: hochsensibel, mit Hang zum Depressiven und Nervösen, spröde und – sie war eine göttliche Klavierspielerin. Außerdem saß ihr die Hand bei der Erziehung ihrer beiden Töchter sehr locker.

Gleichzeitig gab es bei allen ausgeprägten Unterschiedlichkeiten in Wesen und Leben meiner Eltern eine Gemeinsamkeit: Ihre beiden Väter waren Ärzte:
Mein Opa väterlicherseits war Landarzt in Dänemark gewesen. Seine Patientenbesuche machte er mit der Pferdekutsche, oft in Begleitung eines seiner drei Kinder, die er bisweilen als Helfer einsetzte, zum Beispiel zum Halten des Kopfes eines Bauern, dem er einen vereiterten Zahn zog – ich war tief beeindruckt von Geschichten dieser Art, wenn ich sie später von meiner Tante erzählt bekam.
Der Bruder meines Vaters wurde Kapitän und später dann Lotse, ein Urgroßvater aus dieser Linie war Deichgraf. Das also waren die nordischen Wurzeln meines Lebens, eingebunden in das flache, grüne Land, voller Freiheit und Weite.

Meine Mutter dagegen war als Einzelkind aufgewachsen, ungeliebt und abgelehnt von ihrem Vater, der mit dieser Rolle völlig überfordert war. So verbündete sie sich mit ihrer Mutter, einem warmen herzensguten Menschen, und beide Frauen bildeten eine enge Koalition gegen die Feindlichkeiten des Lebens. Dieser Schutz blieb meiner Mutter bis zu ihrem Tod erhalten.

Meine Omi – die jetzt unser Leben betrat und von meinem vierten bis achten Lebensjahr lebensbestimmend für mich wurde. Für mich war sie eine Bilderbuchoma: fröhlich, immer alles vergebend und verzeihend und vor allem immer für uns da: sie schien verwachsen zu sein mit dem Wohnzimmersessel, auf dem sie ihre Tage verbrachte. Und da sie körperlich recht unbeweglich war und darüber hinaus ein sehr ruhiger, besonnener und zufriedener Mensch, waren Omi und ihr Sessel im Wohnzimmer in dieser Phase die feste Größe in meinem Leben:

Wann immer ich den Raum verließ und wieder betrat oder durchstürmte, um Spielzeug zu holen – ich konnte mich darauf verlassen, sie dort wiederzufinden, unverrückbar und zuverlässig. Meine Risse bekamen tröstlichen Kitt.

Sie war es auch, die uns allabendlich Geschichten erzählte, aus ihrem Leben, von Muttis Werdegang, und dazu noch alle Märchen von Grimm und Andersen. Und all das wieder und immer wieder, mit nie enden wollender Geduld.

Als meine Mutter uns zu Weihnachten dann Schallplatten von Micky Maus schenkte, wurde das eine kurzfristige Konkurrenz, aber unser Favorit blieb doch sie mit ihrer Schatztruhe voller funkelnder Erzählungen ...

Der Tod meines Vaters und die nachfolgende Neuorientierung in unser aller Leben waren der Auftakt zu einer weiteren Öffnung und Vergrößerung unseres Lebensraumes. Meine Schwester und ich formierten uns mit einigen Kindern aus dem Haus bzw. aus der Straße zu einer »Clique«; wir eroberten den großen Garten rund um das Haus und wagten von der breiten Eingangstreppe aus die ersten Kontakte mit der Außenwelt. Unser Leben war wild, gefährlich und voller Abenteuer, wie mir schien.

Heute, aus der distanzierten Schau des Erwachsenen, sehe ich, daß sich die eigentlichen Abenteuer nur in unserer Phantasie abspielten, mit der wir mühelos alle Elemente von Grauen und Gänsehaut, Feinden, bösen Menschen und dem Sieg über sie in unser Leben holten:

Immer wieder tauchten »Mitsnacker« in unseren Erzählungen auf, böse Männer, die es auf kleine Mädchen abgesehen hatten. Man erkannte sie daran, daß sie ein ahnungslos dahinschlenderndes Kind erst in einer Entfernung von zwei bis drei Metern verfolgten, dann wie absichtslos neben sie traten, Bonbons anboten und sie dann überredeten, mit ihnen zu kommen ... Hier endeten jedes Mal unsere geflüsterten Erzählungen, und wir schwiegen schaudernd vor den erahnten Greueltaten, die den Mädchen in irgendeiner verlassenen Waldhütte oder dunklen Höhle angetan wurden. Auf der Straße glaubten wir oft, in irgendeinem harmlosen Passanten, der aus Versehen hinter einem kleinen Mädchen herging, einen Mitsnacker zu erkennen, und die Vorstellung davon, wieviel unerkannt Böses die Welt bevölkerte, ließ mich immer wieder aufs Neue erschauern. Wenn die anderen Menschen das alles wüßten!

Im konkreten Spiel machten wir uns daran, dieser Sorte Mensch das Handwerk zu legen: Wir buddelten im Garten Fallgruben aus und bedeckten und tarnten sie kunstvoll mit Ästen und Blättern. Schließlich waren wir selber kleine Mädchen, und mit allergrößter Wahrscheinlichkeit trieben sich nächtens Scharen von Mitsnackern im Garten um unser Haus herum. Einmal war sogar eine solche Fallgrube zerstört, wenn auch ohne Inhalt – bestimmt lief jetzt irgendwo ein potentieller Mörder und Mädchenschänder mit einem verknacksten Fuß rum und war damit für sein Leben gezeichnet!

Eine weitere Attacke gegen die Umwelt waren unsere Zaunspiele: Dabei wurde ich als die Jüngste, Frechste und Unbefangenste rausgeguckt und dazu auserkoren, die vorbeigehenden Passanten von der sicheren Stelle hinter dem Zaun aus zu beschimpfen. Die anderen hielten sich hinter den Büschen versteckt, wo sie alles mitbekamen, ohne entdeckt zu werden.

Für mich war dieses Spiel jedes Mal von neuem eine Mutprobe, mit einem kribbeligen Gefühl in der Magengrube verbunden, und wären die anderen nicht gewesen, hätte ich gekniffen. So aber mußte ich mich dieser Herausforderung stellen, und da mein Schimpfwortrepertoire sehr klein war, kann der Schaden, den ich damals angerichtet habe, nicht allzu groß gewesen sein. Danach jedenfalls fühlte ich mich großartig, wie ein Held nach geschlagener Schlacht.

Und neben all dem gab es natürlich auch die friedlichen und harmlosen Spiele: Murmeln spielen im Sand – nach einem bestimmten Regelsystem mußte der Verlierer von seinen Murmeln einige an die anderen Mitspieler abtreten, so daß unsere Murmelsäckchen immer sehr unterschiedlich gefüllt waren.

Geschichtenball: Ein einzelner Ball wurde gegen die Hauswand geworfen, aufgefangen, wieder gegen die Hauswand geworfen, und der Ballspieler erzählte dazu eine Geschichte. Fiel ihm der Ball hin, mußte der nächste genau an der Stelle der Unterbrechung weitererzählen und weiterspielen. Mit wachsendem Alter und Geschicklichkeit wurde Geschichtenball mit zwei oder drei Bällen in Tennisballgröße gespielt.

Oder Puppenspielen: Meine Puppenkinder waren immer krank. Ich mußte mich deshalb mit ihnen von meinen Spielgefährten trennen und sie ins abgedunkelte Zimmer bringen, wo ich Wadenwickel machte, ihnen das Fieber maß und ihnen etwas vorsang. Damals beschloß ich, Krankenschwester zu werden.

Oder Rollschuhfahren: Wir bekamen solche mit Eisenrollen geschenkt und übten, wenn es draußen regnete, in der schmalen Schneise zwischen Schlaf- und Wohnzimmer. Mutti bekam es nicht mit, da sie in der Praxis arbeitete, Omi konnte wie immer nicht nein sagen. So düsten wir mit ohrenbetäubendem Lärm zwischen den zwei Zimmern hin und her und hinterließen tiefe Spuren in dem gebohnerten Boden.

Wie auch immer, wir waren ununterbrochen beschäftigt, und so war die Zeit viel zu kostbar, um zu essen. Ich bewegte mich mit meinem Gewicht an der unteren Grenze, und meine Kniescheiben traten in Beinmitte überdeutlich hervor.

Reizvoll waren für mich nur Süßigkeiten. Montags war Taschengeldtag, dann bekam jeder von uns beiden zehn Pfennig. Die trug ich sofort auf die andere Straßenseite in einen kleinen Kramladen und erhielt einen Schokoladenlolly dafür. Das war mein Ritual, jeden Montagmorgen in all den Hamburger Jahren. Ich kam dabei nie in die Verlegenheit, mich neu entscheiden zu wollen – ich war glücklich und zufrieden.

Im übrigen gab es bei uns kaum Süßigkeiten und auch kein Fernsehen, da wir selber kein Gerät hatten. So waren wir auf eine andere Familie im Haus angewiesen, die uns, wenn sie keinen Familienkrach hatten, sonntags »Fury« schauen ließen.

Ein weiteres wöchentliches Ritual war die Gestaltung der Mittwochnachmittage. Dann hatte Mutti praxisfrei. Sie fuhr abwechselnd mit Nesi, meiner Schwester, oder mit mir in die Hamburger Innenstadt. Dort gingen wir Geschäfte gucken, machten eine Hafen- oder Alsterrundfahrt und besuchten am Ende ein kleines Café, eingerichtet im Rokoko-Stil.

Eine glückliche Kindheit, wie Bullerbü und Pippi Langstrumpf zusammen ...

Die Tage voller Leben und Spiel und der Wärme unserer Kinderfreundschaften, gegen Abend segelten meine Schwester und ich dann ein in den sicheren Hafen unserer ebenso warmen wie kleinen Wohnung ein, wo Omi uns erwartete, Brigitte uns auf der Kommode wusch, zuerst oben und dann – Wasserwechsel – unten.

Einmal streckte ich die Hände unter das neu zufließende Wasser aus dem heißen Wasserkessel. Mein gellendes Schreien rief Mutti aus der Praxis auf den Plan; sie wollte mir eine Ohrfeige verabreichen, verarztete mich dann aber sofort, als sie meine verbrühten Hände sah. Ich konnte tagelang nichts anfassen und wurde auf Händen getragen. Die Welt war gerecht!

Abends bekamen wir dann Brote gemacht, »Reiterchen« – mundgerechte Happen, die ich am liebsten auf dem Teller meiner Omi fand, um sie ihr wegzuessen und mich darüber zu freuen wie ein Dieb. Sie spielte das Spiel jedesmal gutmütig mit.

Das Schlafzimmer teilten Nesi und ich mit Mutti und Omi – drei Generationen in einem Zimmer! – Für mich genau die Nähe, die meine Seele brauchte.

Im Bett erzählte uns Omi noch eine Geschichte oder ein Märchen und nach der Vergewisserung »Omi, hast du mich noch lieb?«, »Mutti, hast du mich noch lieb?« blieben wir allein im Schlafzimmer zurück, die Tür zum Wohnzimmer leicht angelehnt, damit wir die für uns arrangierte Einschlafmusik hören konnten: Entweder spielte Mutti für uns Klavier – Chopin, ,das war das Schönste. Sie legte ihr ganzes Herz und ihre ganze Seele in dieses Spiel, all das, was sie sonst so schwer ausdrücken konnte, und schuf so Klänge voller Weichheit und Anmut.

Wenn sie jedoch zu müde war, legte sie Brahms auf. Jahre später erst habe ich dieses Violinkonzert gefunden, seine Grundmelodie ist ein fester Bestandteil meiner Hamburger Kindheit.

Im Laufe unseres Wachsens und Werdens wurden all die Spiele und Micky Maus dann ersetzt durch Caterina Valente, Rock'n'-Roll-Klammern, Pettycoats und Hula-Hoop-Reifen.

Bei alledem, und ganz gleich in welcher Phase von magischem Denken oder praktischem Tun, bekamen wir als Fundus für unser Glück von den uns liebenden und erziehenden Bezugspersonen das größte Geschenk: Sie waren immer da, um uns aufzufangen, zu nähren und zu schützen, und ließen uns doch allen Freiraum und jede Bewegungsfreiheit, wie vor allem ich sie brauchte, um mich entfalten zu können.

Ich hatte in diesen ersten Jahren meines Lebens das beständige Gefühl, vor Kraft und Lebensfreude zu platzen, und ich war mir sicher, die Welt aus den Angeln heben zu können.

Daß mein Vater so früh gestorben war, hatte ich mit all den Angstauslösern sorgfältig in die hinterste Ecke meiner Seele verstaut, und so hinterließ dieser Verlust vordergründig keine Wunden und Narben, denn nun war ja meine Omi dazugekommen und gab mir zusammen mit meiner Schwester und meiner Mutter die Nestwärme und Geborgenheit, die ich brauchte.

Gleichwohl ist jedoch sein früher Tod zum wichtigen Teil meiner Geschichte geworden, denn bei der Wahl meiner späteren Partner spielte die Vater-Ersatzrolle neben der des Geliebten und des Freundes eine wichtige Rolle. Eine tiefe Stimme und ein stattliches Äußeres waren dabei äußere Reize, auf die ich mit tödlicher Sicherheit reagierte, Zivilcourage, Mut und persönliche Integrität standen in meiner Prioritätenliste an oberster Stelle. Und Wärme mit Humor – welche Geistes- und Seelenfreiheit verheißt doch beides!

Und dann näherte sich auch der Abschied von meiner Mutter. Obwohl oder gerade weil sie Ärztin war, hatte sie einige untrügliche Zeichen für Krebs wie plötzlich auftretende starke Blutungen übersehen und erst reagiert, als es zu spät war. Mit der Diagnose »Unterleibskrebs im fortgeschrittenen Stadium« kam sie ins Krankenhaus und blieb auch dort. Nesi und mir wurde nichts von der Aussichtslosigkeit ihres Zustandes erzählt, bei unserem letzten Besuch bei ihr im Krankenhaus schmiedeten wir fröhlich Zukunftspläne, denn wir fanden, es sei an der Zeit für sie, sich einen neuen Mann zu suchen.

Was war das für ein Tag, dieser letzte Tag, als wir Mutti sahen? Wieder versuche ich, meine Aufmerksamkeit auf diesen Tagesausschnitt zu richten, damals, im Mai 1959, und es ist alles da in meinem Erinnerungsspeicher: Bilder, Farben, Geräusche, Gerüche. Aber wie bei einer CD, die verschmutzt ist und springt, gelingt es mir nicht, fließend in den laufenden Film einzutauchen.

Und so steigen nur Fetzen auf, die ich vom Rande aus sehe, mich in vorsichtiger Entfernung haltend, Bruchteile eines Gesamtbildes, das wieder das schmerzliche Wissen um das Unausweichliche enthält: Mutti, blaß, müde und gefaßt, fast ebenso weiß wie die Bettwäsche; Nesi und ich mit fröhlichem Zukunftsgeplapper, hilflos versuchend, den strengen Krankenhausgeruch und den Abschied im Raum zu überdecken. Und der sommerliche Tag draußen mit dem beginnenden grünen Sommerlaub der Bäume vor dem Blau des Himmels, dem fröhlichen Singen der Amseln und dem gedämpften Rauschen des Straßenverkehrs. Das Leben fließt da draußen, und hier drinnen scheint es zu stocken ...

Wenige Abende später kommt Omi aus dem Krankenhaus mit der Nachricht: Mutti ist tot.

Sie ist an dem Tag Deines 9. Geburtstages gestorben, mein Liebster.
Ich war acht Jahre alt.

Und jetzt geriet unsere Welt aus den Fugen. Der Grund, auf dem ich mich von diesem Moment an bewegte, wurde zu dünnem Eis, das unter mir in Rissen nachgab. Ich konnte es einfach nicht glauben, und als ich dann nächteweise »Besuch« von ihr bekam – eine liebevolle zärtliche Mutter, die mich im Traum tröstete und beruhigte, waren die darauffolgenden Tage ohne sie um so unbegreiflicher und schwerer zu bewältigen.

Mit Muttis Tod war das Ende unserer Hamburger Zeit besiegelt. Die Praxis wurde aufgelöst – ein Freund von ihr kümmerte sich darum –, ebenso die Wohnung.
  Drei Monate nach ihrem Tod kletterten Nesi und ich zusammen mit Brigitte in das Auto von Onkel und Tante aus Brunsbüttel – Onkel Hans war der Bruder meines Vaters, Kapitän und Lotse im Ruhestand –, und es ging in unsere neue Heimat nach Saarbrücken. Omi stand am Straßenrand und winkte.
  Eine Woche später, nach der Auflösung unserer Wohnung, kehrte sie endgültig zu ihrer Schwester nach Marburg zurück.

Meine Heimat Hamburg – das gab es nun nicht mehr. Ich konnte es nicht fassen.

Ich war acht, Nesi neun Jahre alt, als der neue Lebensabschnitt begann.
  Die norddeutsche Tiefebene, das flache, platte Land, war Sinnbild für meine frühen Kindheitsjahre geworden: Weite, Wind und Freiheit, in der ich mich zum »Zigeunerlieschen vom

Pagenfelder Platz« entwickeln durfte. Ich glaube, jeder Mensch hat seine innere Landschaft, die seinem Naturell, den Gemüts- und Gedankenwelten entspricht. Meine ist die des Meeres, Wind, Wellen, Möwen und Sand. Und die Weite des flachen Landes.

Und nun kam ich also zusammen mit meiner Schwester in die – wie mir schien – Enge der saarländischen Wälder, mit einem kleinen braunen Fluß anstelle von Nord- und Ostsee, von Alster und Hafen – wo war nur das ganze Wasser geblieben?!

Und: wie kann man durchatmen, wenn nicht vorher der Wind die Luft gereinigt hat?

Aufgenommen wurden wir von der Schwester meines Vaters, Tante Lis. Auch sie hatte kurz vor dem Tod meiner Mutter ihren eigenen Mann nach zwei Jahren des Leidens an Leukämie verloren. Mit ihren 63 Jahren und all den Lebenserfahrungen fühlte sie sich der Aufgabe, zwei Kinder von acht und neun Jahren großzuziehen, weder gewachsen, noch war sie im Grunde ihres Herzens willens, so unmittelbar nach der eigenen Schmerzenszeit und der Verlusterfahrung ihres Mannes diese Aufgabe ganz allein zu übernehmen. Sie hatte überdies neben ihrem eigenen Sohn und den zwei Kindern ihres Mannes aus erster Ehe noch zwei Mädchen aus ihrer dänischen Heimat großgezogen.

Der Lebenszyklus mit Erziehungsaufträgen lag längst hinter ihr, als meine Mutter ihr das Versprechen abrang, uns aufzunehmen und von nun an für uns da zu sein. Wir waren die Kinder ihres über alles geliebten Bruders, und die einzige Alternative wäre das Waisenhaus gewesen. So nahm sie diese große Herausforderung an.

Ich lernte meine Tante kennen, als sie kurz vor Muttis Tod nach Hamburg zu Besuch kam, um alles zu unserer Aufnahme nach Saarbrücken in die Wege zu leiten. Bei dem ersten Anblick von dieser Dame – stolz, ehrfurchtgebietend und ganz in schwarzer Trauerkleidung – empfand ich soviel Angst und innere Abwehr, daß ich jede Begrüßung verweigerte und fortrannte in unser Schlafzimmer, wo ich mich in die hinterste Ecke auf den Boden kauerte.

Saarbrücken und meine neue Heimat, das kannte ich bisher nur von einigen Fotos aus dem Briefwechsel zwischen Mutti und Tante Lis.

Auf diesen Fotos sah man eine wunderschöne Villa in einem parkähnlichen Gartengelände mit birkengesäumten Wegen, großen Wiesen- und Weideflächen, unzähligen Rosenbeeten und einer terrassenförmigen Kalksteintreppe, die vom Garten aus zu der Pracht des Hauses mit seinem Wintergarten führte. Mittendrin schöne und vornehme Menschen – ein junges Paar mit zwei kleinen Kindern –, der Sohn meiner Tante mit Familie. Daneben das familieneigene Stahlwerk.

Diese Fotos, zusammen mit den Erzählungen über die Saarbrücker Verwandtschaft, machten auf mich einen tiefen Eindruck, sie waren Synonym für Schönheit und Reichtum. Aber hätte ich die Wahl gehabt, hätte ich mein Leben als Hamburger Straßengöre nie, niemals mit einem Leben an diesem begüterten und vornehmen Ort getauscht ...

Hätte, hätte, hätte ... Dann hätte ich auch Dich nicht kennengelernt, mein Liebster, wenn auch erst achtzehn Jahre später. Und so erhält wieder alles seinen Sinn und seine Richtigkeit. Das Leben kennt oft verschlungene Pfade, die zum Ziel führen.

Und damit begann der Teil in meinem Leben, in dem ich es lernen sollte, wie »man« sich richtig benimmt, was stilvoll ist und was nicht, wo die Inhalte und Grenzen des guten Benehmens und des guten Geschmacks liegen – kurz, ich wurde aus dem Kind des Nordens und dem Wildfang zu einem gesellschaftsfähigen Menschen gemacht.

Und parallel zu dem noch unverarbeiteten Leid schärften sich meine Antennen zu den anderen Welten.

Äussere und innere Räume

Wir kamen in Saarbrücken an – es war ein wunderschöner Tag im August. Die Villa und der Park drum herum präsentierten sich in der zweiten Rosenblüte –, die üppigen Rosenstöcke trugen schwer an der weißen und rosa Pracht, die Wiesen und Weiden waren von einem intensiven saftigen Grün, die Birken, meine Lieblingsbäume, säumten einen gepflegten Gartenweg, der geradewegs in den großen Obst- und Gemüsegarten führte, wo es alle Sorten von angepflanzten Beeren und eine eigene Obstbaumwiese mit Äpfel und Birnen gab. Ich war verzaubert von der Schönheit und der Stimmigkeit dieses Anwesens, das war wirklich ein Fleck vom Paradies!

Die ersten zwei Tage zusammen mit Brigitte und Onkel und Tante waren schön und aufregend neu für uns, war ich doch vorher nie aus Hamburg rausgekommen. Als dann aber die Fahrt zurück in den Norden ohne uns ging, war die Endgültigkeit unserer Umsiedlung und der Abschied von dem ersten Lebensabschnitt unverrückbar, der Schmerz gnadenlos und doch sanft verpackt in die Schönheit und Privilegiertheit unseres neuen Zuhauses.

Schmerz – die unerbittliche Unabänderlichkeit eines Verlustes – das Schicksal arrangiert neue Lebensumstände, und daran ist nichts zu machen.

Wie gehen zwei Kinder von acht und neun Jahren mit dem Verlust von allem Gewachsenem und Vertrautem – Menschen wie Umgebung – um?

Heute weiß ich, daß ich hätte schreien wollen und sollen, denn meine Seele war ein einziger Schrei und wurde zu einer einzigen Wunde.

Heute weiß ich, daß ich hätte schlagen, treten, boxen sollen, um diesen ungeheuren Druck loszuwerden, der anfing, in mir zu wachsen.

Heute weiß ich, daß der in späteren Jahren so oft empfundene Wunsch »Ich brauche jetzt einen Sandsack...« Indiz für die Spätfolgen und Überreste jener Jahre ist, als die Menschen meiner Umgebung und ich selber völlig überfordert mit der Situation waren und daher unfähig, ihr angemessen und hilfreich zu begegnen.

Heute weiß ich, daß ich meine Trauer weggepackt habe damals und die Wut darin völlig negiert – das Wort selber verschwand ganz und gar aus meinem Sprachgebrauch und tauchte erst zwanzig Jahre später wieder zögernd auf.

Heute erst fange ich an, auf mich und meine unterschiedlichsten Gefühle zu achten und ihnen ausreichend und liebevoll Raum zu geben.

Damals jedoch begann ich den Rückzug in meine innersten Winkel. Ich richtete mir Orte ein, wo niemand mich finden und erreichen konnte.

Ich war in ein neues Umfeld geraten, in dem die Menschen Haltung aufbauten und bewahrten getreu dem Motto meiner Tante: »Ich habe schon vieles erlebt, aber wie es hier drinnen aussieht (damit klopfte sie sich auf ihre Brust), geht niemanden etwas an.«

Sie hatte ja selber einen großen Verlust zu beklagen, und indem sie genau das nicht tat, sondern eben Fassung bewahrte, erwartete sie das Gleiche auch von uns Kindern. Sie setzte in all den Jahren, die ich mit ihr zusammen war, ihre ganze Kraft – und die war überaus groß – dazu ein, keinen, aber auch wirklich keinen Kontrollverlust zu erleiden, wenn es um Gefühle in schmerzlicher und unguter Ausprägung ging, und sie hat für dieses Bemühen um Haltung einen hohen Preis bezahlt – sie bekam einen »Herzfehler«, der die letzten dreißig Jahre ihres Lebens entscheidend und sehr schmerzhaft geprägt hat.

So rückten Nesi und ich noch enger zusammen. In diesen Jahren des Neuanfangs in Saarbrücken war meine Schwester mir die größte Stütze. Fernab von forschenden Blicken wichen wir in den Obst- und Gemüsegarten aus und drehten dort Arm in Arm immer wieder die gleiche Runde, ich weinend, sie tröstend.

Abends im Bett lange Gespräche im Flüsterton über Hamburg, Mutti, Omi, Vati ...

In dieser Zeit begannen meine Nachtträume der besonderen Art. Auch sie hatten ein gleiches Anfangsmotiv, so wie heute die Telefonträume:

Ich träume, daß eine Comic-Familie vor dem Fernseher sitzt. Plötzlich wird das Bild grieselig – Bildstörung. Als alle zum Haus hinausstürzen, um nach der Ursache zu schauen, sehen sie, daß ein Baum auf das Dach ihres Hauses gefallen ist und dabei die Antenne umgeknickt hat. In diesem Moment wird die ganze Filmsequenz meines Traumes grieselig, ich verspüre ein Kribbeln in Händen und Füßen, Armen und Beinen – und ich schwebe an der Zimmerdecke unseres Schlafzimmers. Von dort oben sehe ich ein Kind im Nachthemd auf dem Fußboden vor seinem Bett liegen – bin ich das etwa? –, sein Schrei hat Tante Lis alarmiert. Die Zimmertür wird aufgerissen, das Licht angeknipst, sie holt schnell ihren Sohn zu Hilfe. Gemeinsam heben sie das Mädchen ins Bett zurück. Aufgeregte Zwiesprache zwischen den Erwachsenen, Nesi reibt sich im Nachbarbett müde die Augen. Ich da oben an der Decke betrachte die ganze Szene mit freundlicher Teilnahmslosigkeit, habe ein Gefühl von Frieden und großer Distanz. Plötzlich wieder ein Kribbeln in den Händen – ich befinde mich wieder in meinem Körper, schaue durch meine aufgeschlagenen Augen auf die Erwachsenen, die erleichtert sind, daß ich wieder »bei mir« bin.

Das alles passiert einige Male, vor allem vor Tagen, die Aufregung und Umstellung verheißen.

Ich selber fühle mich in den Momenten außerhalb meines Körpers äußerst wohl und beheimatet, dem Ziel meiner inneren Sehnsucht viel näher als dann, wenn ich in meinem Körper wohne. Es ist mir ein sehr vertrauter Zustand, und ich erzähle keinem davon.

In der Folgezeit werde ich bei verschiedenen Ärzten herumgereicht, einer stellt einen Herzklappenfehler fest und rät zur Operation, ein anderer meint schließlich: »Das Kind hat ein Trauma und braucht nichts anderes als Ruhe und Zeit ...«

Und so war es auch. Wenn auch die fehlende Möglichkeit, das Geschehene aufarbeiten zu dürfen, einen Riß in mir bewirkt hat, dem ich mich erst dreißig Jahre später nähern konnte.

Dabei hast Du, mein Liebster, mir entscheidend geholfen, den Graben zwischen zwei Leben in einem, zwischen denen es scheinbar keine Verbindung gibt, mit Liebe und Versöhnlichkeit zu füllen.

Davor aber lernte ich, mich anzupassen, die Erwartungen meiner neuen Umgebung zu erfüllen, um die Zuwendung und Akzeptanz zu bekommen, die ich so bitter nötig brauchte.

Und das war wirklich eine Anpassungsleistung, denn Hamburg und Saarbrücken, das waren nicht nur geographisch, sondern auch »familienkulturell« zwei völlig verschiedene Welten!

In dem Maße, wie ›da oben‹ die Freiheit der Straße und des Gartens im Zusammensein mit unseren Freunden unser Leben bestimmt hatte – das Leben als eine einzige Chance zum Experimentieren –, so war hier unten alles eingebunden in ein festes

Regelsystem: *man* muß ..., *man* tut ..., *man* soll ... Es gab guten Geschmack und Grenzen desselben – rote Fingernägel und Schlager zum Beispiel wurden entschieden als ordinär eingestuft. Ich empfand blankes Unverständnis dafür, allein das Wort ›man‹ war so blutleer und ergab keinen Sinn für mich, und ich verlegte mich aufs Schlagerpfeifen, wenn ich schon ihren Text nicht singen sollte. Diese und ähnlich harmlose Rebellionen verschafften mir jedoch beileibe nicht die Lebensfreude und Pfiffigkeit, die das Leben vorher für mich bereitgehalten hatte.

Dafür wurde der Lehrplan des Lebens um gänzlich neue Inhalte erweitert, die geeignet waren, aus uns wilden Kindern des Nordens zivilisierte Menschen zu machen, um die verfeinerten Regeln der gehobenen Gesellschaftsschichten kennenzulernen und des weiteren schon im Vorfeld zu erspüren und zu erahnen.

Die Patronin der gesamten Familie war meine Tante Lis. Sie legte die Richtlinien fest und nahm erheblichen Einfluß auf das Leben eines jeden, der unter diesem Dach wohnte.

Als ich in späteren gymnasialen Zeiten einen Aufsatz über die Charakteristika einer Dame schreiben mußte, beschrieb ich einfach meine Tante. Ich bekam eine Eins dafür.

Tante Lis – das war Haltung, Kraft, Stil, Charme und Charisma, aber auch Härte (gegen sich und andere), Unnachgiebigkeit, Distanz, Dominanz und Macht.

Die überaus geschmackvolle Einrichtung der Wohnung, deren feinsinniger Stil zutiefst meinen eigenen Geschmack geprägt hat, verdeutlichte am besten die Lebenseinstellung seiner Bewohnerin. Sie war der Spiegel ihrer inneren Räume und ihres Bemühens um Stimmigkeit in Möbelstil und gewachsener Geschichte.

Die kostbaren Antiquitäten bildeten in jedem Raum eine eigene Komposition und erzählten ihre Geschichte in den warmen Brauntönen des harten Holzes, dessen glänzende Oberfläche zum Teil makellos schimmerte und nur hin und wieder tiefe Kratzer und Einschnitte zeigte, dazwischen kunstvolle Einlegearbeiten, die ein Meister in allen Braunschattierungen komponiert und in die natürliche und polierte Oberfläche eingefügt hatte.

Die klaren Linien und Konturen der Möbelstücke bildeten einen reizvollen Kontrast zu den verschlungenen Mustern der Teppiche, die in der Mitte des Raumes einen freien Platz einnahmen und wie Inseln die einzelnen Zonen der Räume trugen und miteinander verbanden.

Von dem großzügigen Eingangsraum mit vergoldetem Spiegel und zwei Kommoden mit Einlegearbeiten gingen die Türen zu allen Zimmern sowie zu Küche und Bad ab, und hier hing der umfangreiche Stammbaum der Familie. Alle Besucher und Familienmitglieder nahmen immer wieder die Momente des Begrüßens und Abschiednehmens wahr, um lange Blicke auf die vielen Verästelungen zu werfen, das Wissen um das eine oder andere Schicksal hervorzuholen und gemeinsam die Knotenpunkte nachzuvollziehen, dort, wo das Zusammengehen von zwei Menschen völlig neue Seitentriebe und Webmuster des Lebens schuf. Wieviel Schicksal und Lebensjahre und Dichte waren doch hier auf wenig Papier hinter Glas vereint!

Unglaublich und faszinierend für mich, daß meine Schwester und ich – ohne dort je namentlich zu erscheinen – Teil eines komplexen und umfangreichen Lebens geworden waren, das in diesem großen Lebensbaum durch die Namen seiner Träger nur einen Zentimeter im Quadrat an Platz beanspruchte!

Es gab so vieles hier, was für uns beide völlig neu und faszinierend war, so auch die Regelung des Auf- und Abdeckens während des Mittagessens, das wir in dem Eßzimmer mit seinen alten schwarz-braunen Eichenmöbeln aus dem Elsaß einnahmen. Unter dem Teppich des Eßtisches befand sich, für Tante Lis' rechten Fuß erreichbar, ein Klingelknopf. Diesen betätigte sie immer dann, wenn auf- oder abgedeckt werden mußte. Dann erschien Paula.

Paula hatte ihre kleinwüchsige Gestalt in ein schwarzes Kleid gezwängt, das von einer weißen Rüschenschürze geziert wurde. Sie war eine einfache und liebe Frau vom Land, bei der mich nur meine nun einsetzende gute Erziehung hinderte, ständig auf ihren unglaublich ausgeprägten Kropf am Hals zu starren. Überhaupt war das ganze Erscheinungsbild von Paula nicht dazu angetan, Bilder von zarten und jungen Bediensteten heraufzubeschwören, die in schwarzen Kleidern, weißen Schürzen und mit züchtig gesenkten Blicken die Speisen für die Herrschaften auf- und abtrugen – so jedenfalls stellte ich mir das aufgrund einiger gesehener Kinofilme vor. Paula war und blieb in dieser Aufmachung, die sie eigens für das Mittagessen angelegt hatte, ein Anachronismus für mich – zumindest in dieser Rolle und dieser Umgebung.

Viel passender und angebrachter war ihr Tun, wenn sie die üblichen Haushaltsarbeiten versah wie Putzen und Kochen. Sie kam aus einer einfachen Familie und konnte »schaffe«, hatte es auch ein Leben lang getan, und ihre freundliche und konstante Betriebsamkeit erinnerten mich eine Spur weit tröstlich an meine Omi.

Nach dem Mittagessen setzten wir uns oft noch in den in das Eßzimmer übergehenden Wintergarten. Dieser halbrunde große Raum bestand fast ausschließlich aus Fenstern, deren angrenzende Fensterbänke die ganze grüne Pflanzen- und Blütenpracht beherbergten, die Zeugnis gaben von Tante Lis' Geschick damit – sie hatte das besagte ›grüne Händchen‹. Die

Fenster boten einen atemberaubenden Blick auf die grüne Tiefe des Parks mit seinen Terrassen und grünen Wiesen, mit einem großen alten Kastanienbaum, den gepflegten Wegen und den unzähligen Rosenbeeten, die so ganz und gar Tante Lis' Passion waren.

Über eine geschwungene Treppe hatte man von hier aus Zugang zum Garten. An langen Winterabenden saßen wir oft im Wintergarten und arbeiteten zu dritt beharrlich und schweigend an einem diffizilen Puzzle mit unendlich vielen Teilen.

Die Ruhe und Einigkeit dieser Momente gehört für mich zu den schönsten Erinnerungen an diese Zeit.

Ähnlich bedeutsam und unter *wichtig* abgespeichert waren die Gespräche, die meine Tante und ich jeden Nachmittag nach ihrem Mittagsschlaf in ihrem Zimmer hatten.

Wie viele Weichen wurden doch hier gestellt, wie viele Gedankenimpulse gesetzt und wie viele Grenzen erfahren um den »Tönnchen-Tisch«, ein rundes antikes Schreinermeisterwerk mit vier konisch zulaufenden Schubladensätzen, dessen Tischplatte gekrönt ist durch ein messinggetriebenes, rundes und fest montiertes Schachbrett. Die dazugehörigen Schachfiguren aus Rosen- und Ebenholz und Elfenbein liegen noch heute in dem gleichen Kästchen, eingewickelt in das gleiche weiche Tuch in einer der Schubladen.

Dieser Tisch war jeden Nachmittag nach Tante Lis' Mittagsschlaf Treffpunkt zum Teetrinken, dort wurde alles besprochen, was auf der Seele lag, dort begann auch mein Abnabelungs- und Selbstfindungsprozeß der späteren Pubertätsjahre.

Jeder Raum eine eigene Welt mit einer eigenen Geschichte, so habe ich mir das immer vorgestellt und auch zutiefst empfunden. Schon früh erging es mir so, daß ich einen Raum betrat und sofort die Geschichte erspürte, die hier gelebt worden war oder noch gelebt wurde: leicht und licht oder streng und schwer oder knisternd von all den Seelenprozessen und Konflikten oder ...

Zuerst aber ging und geht meine Seelenampel auf Grün oder Rot – angenehm oder unangenehm –, um sich dann mit jedem weiteren Schritt und Atemzug zu differenzieren. So habe ich im Laufe der Zeit ein zunehmend verfeinertes Rüstzeug, ausgefeilte Ortungsgerätschaften bekommen, mit denen ich mich quasi blind zurechtfinden kann und deren Schleifwerkzeuge die oft schmerzhaften Lebensumstände und die ihnen innewohnenden Menschen waren.

Und so wurde mir klar: Ich lerne am meisten durch den Schmerz, dessen spezifische Ausprägung meines Lebens der Verlust war. Dann beginne ich, mich zu spüren und kann dem, was schon ist, Neues hinzuzufügen, indem ich Schalen abwerfe und so näher zum Kern komme.

Und ich habe viel gelernt. Die zwischen den einzelnen Lernschritten liegenden Plateauphasen von Glück und Entspannung waren und sind nur die Ausruhphasen, Nachspann der letzten Stufe und Vorbereitung zur nächsten Stufe. Das eigentliche Leben findet in der Bewältigung der Stufen statt – oder dem Rückwärtsfall davon, wie ein Käfer, der auf seinen Panzer fällt, mit allen Vieren in der Luft zappelt, um mühsam wieder auf die Beine zu kommen und von neuem loszukrabbeln in Richtung Stufe ...

Und damit waren neben dem Zimmer von Tante Lis die Küche und unser gemeinsames Zimmer die hauptsächlichen Tatorte des Werdens und Wachsens von meiner Schwester und mir.

In dem großen gemeinsamen Schlaf- und Arbeitszimmer hatten wir unsere Betten an gegenüberliegenden Wänden und zum Arbeiten und Spielen den großen Tisch in der Mitte. Hier war unsere Welt, für uns ganz allein – hier begannen unsere Tage, Struktur und Disziplin zu bekommen. Es war auch das erste Mal, daß wir einen Raum hatten, den wir nicht mir einem anderen Familienmitglied teilten.

Hier begann der Tag mit dem Hochziehen der Läden, dem selbständigen Fertigmachen für die kleine Dorfschule am Stadtrand, wo noch zwei Klassengemeinschaften in einem Schulraum untergebracht waren. Wir waren in dem Jahr nach Saarbrücken gekommen, in dem der Schuljahresbeginn verlegt worden war, weshalb die zweite Klasse wegfiel. So kam ich versuchsweise in die nächsthöhere Klasse, und das war die dritte, die Klasse meiner Schwester, die fortan, bis zum Abitur, immer in punkto Hausaufgaben meine letzte Rettung war, wenn ich Wichtigeres zu tun hatte, als für die Schule zu arbeiten.

Ich meinerseits ließ keine Gelegenheit aus, bei Nachfragen bezüglich des Altersunterschiedes und des trotzdem gleichen Klassenstandes laut herauszuposaunen: »Ich habe eine Klasse übersprungen.« Das war nicht gelogen, immerhin die Hälfte der Wahrheit, und roch nach Begabung und Talenten. Wir hatten auch beide eine schnelle Auffassungsgabe und waren in der Grundschule immer bei den Klassenbesten, was sich in meinem Fall nach dem Übergang ins Gymnasium schlagartig änderte.

Nie aber, zu keinem Zeitpunkt, mußte unsere Tante sich um unser schulisches Weiterkommen kümmern (das tat in den höheren Klassen ihre Schwiegertochter); sie schuf den Rahmen an Ort und Zeit für uns, und wir füllten ihn aus.

Genauso lief es auch in unserer religiösen Erziehung: Tante Lis sorgte dafür, daß wir den Konfirmationsunterricht in der hübschen kleinen Dorfkirche gleich neben der Schule besuchten, und als wir die Konfirmation mit all ihrer Feierlichkeit, den vielen Gästen und Geschenken hinter uns hatten, betrachtete sie ihren Auftrag diesbezüglich als erledigt. Ihr Glaube war tief und durch die Ereignisse in ihrem Leben immer wieder auf die Probe gestellt worden, aber er war nicht an einen Ort oder eine Kirche gebunden. Somit war ich frei von jedem Zwang und sah über zwanzig Jahre keine Kirche mehr von innen, bis eine Reihe von Todesfällen mich dorthin führte.

Bei alledem war in mir die felsenfeste Gewißheit, daß es eine große Kraft hinter all dem Sichtbaren dieser Welt gibt und daß ich eines Tages meinen eigenen Zugang dazu finden würde. Aber bis dahin gingen noch einige Jahre ins Land.

Drei Jahre nach unserer Ankunft in Saarbrücken kam es wiederum zu tiefgreifenden Erschütterungen: Tante Lis hatte Krebs, und die folgende Operation war so schwerwiegend in ihrem Verlauf und den Konsequenzen, daß meine Schwester und ich erneut in ein Kinderheim kamen, dieses Mal für ein halbes Jahr. Auch die Erinnerung daran ist unangenehm und geprägt von Strenge und Kargheit, obwohl wir beiden Mädchen bevorzugt behandelt wurden.

In diesem Heim hatte ich zum letzten Mal mein nächtliches Traumerlebnis, denn bevor es zu dem Verlassen des Körpers und dem Entschweben an die Decke kam, kniff ich mich ganz heftig und beschloß, auf der Erde zu bleiben und alles, was an Filmrissen noch auf mich zukommen würde, durchzustehen. Und ich konnte mich auf meinen Willen verlassen.

Das Leben ging auch diesmal weiter:
Wir kamen zurück nach Hause; Paula war entlassen worden, und mit unserem Einverständnis übernahmen Nesi und ich bei

einer Erhöhung unseres Taschengeldes die gesamte Haushaltsführung.

Kurz darauf fand ein Umzug innerhalb des Hauses statt: Tante Lis' Sohn zog mir seiner Frau und den nunmehr drei Kindern in die Erdgeschoßetage, wir wechselten in die mittlere Etage über, und Nesi und ich bekamen jeder ein eigenes, gemütliches kleines Zimmer unter dem Dach.

Unsere Tage waren ausgefüllt: Neben der Schule, die mit dem Übergang aufs Gymnasium immer mehr Raum einnahm, gab es die festen Arbeiten im Haushalt. Die Küche wurde zu dem Ort, an dem die wichtigsten Gespräche zwischen meiner Schwester und mir stattfanden, bei all den unzähligen Tätigkeiten, die wir dort ausführten. Wenn Räume und Möbel erzählen könnten! ...

Wie viele Kuchen habe ich auf diesem Küchentisch vorbereitet, wieviel Essen gekocht! Und meine handarbeitlichen Tätigkeiten: der Teppich, den ich nach eigenem »Zebra«-Entwurf dort nächtelang – 135 Stunden – geknüpft habe, die Röcke, Kleider und Hosen, die ich mir genäht oder umgearbeitet habe.

So nebenbei wurden wir durch das Erlernen der verschiedensten Haushaltstechniken reif für das selbständige Leben und im Urteil von Tante Lis und ihren Freundinnen das, was man »tüchtige Mädchen« nannte. Es war eine Erziehung, die in hohem Maße auf Selbständigkeit setzte. Es ging mir in Fleisch und Blut über, in Gedanken und Tat, Verantwortung für mich zu übernehmen und begonnene Unternehmen bis zu ihrem Abschluß durchzuziehen.

Das Leben nahm seinen Lauf, und es hatte einige Farbtupfer zu bieten.

So bekamen wir eines Tages ein Shetland-Pony, das die großen Wiesenflächen des Gartens abweiden sollte. Und da so ein kleines Pony kaum zum Reiten dienen konnte, wurde eine Kutsche gekauft, mit der wir über die neu angelegten Straßen des sonst noch unbebauten Berges neben uns fuhren. Später kamen dann statt dessen zwei Schafe als lebende Rasenmäher auf die Wiesen.

Die Nachmittage der Saarbrücker Anfangszeit verbrachten Nesi und ich häufig im Zoo. Die Familie hatte eine Dauerkarte dafür, und neben den verschiedenen Gehegen hatten es uns vor allem die Schaukeln angetan. Das war es, was mich anzog, wenn wir beschlossen, in den Zoo zu gehen.

Mein Verhältnis zu Tieren dagegen war wenig ausgeprägt. Ich mochte unseren Hund »Pucki«, einen lieben kleinen Schnauzer, und war ehrlich traurig, als er eines Tages aus Altersgründen eingeschläfert und im Garten begraben wurde.

Ich ging auch für mein Leben gerne reiten mit meinem Vetter, den ich aus Gründen des Altersunterschiedes immer mit »Onkel« anredete. Er hatte für sich und seine Frau zwei Islandpferde gekauft und sie bei einem befreundeten Förster auf dessen Weide untergestellt. Wenn seine Frau ihn wegen der Kinder nicht begleiten konnte, durften Nesi oder ich einspringen und waren bei den Ausritten dann die einzigen Jugendlichen in dem Pulk von Erwachsenen. Da ich aber nie eine Reitstunde genommen hatte, blieb neben einer großen Unsicherheit immer ein Rest von Angst in mir, der bei einem ziemlich üblen Sturz gleich bei meinem ersten Ausritt seinen Anfang nahm.

Da war Tennisspielen schon angstfreier und auch wesentlich ergiebiger in punkto Kontakte knüpfen.

Dort lernte ich meinem zweiten Freund kennen, mit dem ich acht Jahre lang die Höhen und Tiefen einer Freundschaft und Liebesbeziehung durchleben konnte.

Diese Beziehung begann ein Jahr vor meinem Abitur. Ich bestand es natürlich, wenn auch mit recht mittelmäßigem Notendurchschnitt.

Danach fingen meine Schwester und ich mit dem Studium an: sie studierte Pharmazie, ich begann mit der Ausbildung zur Hauptschullehrerin, denn ich hatte keine Lust zu einem langen und völlig verkopften Studium und wollte viel und gleich mit Menschen zu tun haben.

Nach drei Anfangssemestern in Saarbrücken wechselte ich nach Freiburg an die Pädagogische Hochschule. In meinem Gepäck hatte ich eine höhere-Töchter-Erziehung, viele praktische Lebensbewältigungsfertigkeiten, jede Menge Neugier und Hunger auf Leben – und meine sorgsam, hundertfach umwickelte und verschnürte Lebenswunde. Aber die Seele vergißt nichts ...

Zwischenbilanz

Was war passiert mit mir in diesen zwölf Jahren Saarbrücken?
Ich hatte Kontrolle gelernt, Kontrolle über meine Gefühle, Selbstkontrolle bis zur ›Bewußtlosigkeit‹.
Ich hatte gelernt, auf Distanz zu gehen zu meinem Schmerz, da ich ihn nicht zeigen durfte. Ein Herangehen an diesen Schmerz hätte im Gegenteil auch ein großes Maß an Ermutigung und Unterstützung bedurft, da die Vermeidungsreaktionen in mir sehr ausgeprägt waren. Ich hatte gelernt, mich nicht so wichtig zu nehmen.
Ich hatte gelernt, in vielen Momenten mit Liebesentzug zu leben, wenn ich Trauer oder Bekümmertheit zuließ, also übertünchte ich Gefühle dieser Art mit meinen Talenten. In mir tickte eine Zeitbombe, die unweigerlich eines Tages explodieren mußte, dann, wenn das Maß voll war und keine noch so große Willensstärke dem Druck standhalten konnte.

Da ich vieles nicht verstand, was sich da in meinem Leben abgespielt hatte, und vieles nicht mit dem Herzen annehmen und akzeptieren konnte, was unwiderruflich gegangen war, wurden die Eisenbande um mein Herz gelegt in dem gleichen Maße, wie mein Kopf und Verstand zu arbeiten begannen, um die unerklärliche Wirklichkeit um mich herum zu strukturieren und erklärbar zu machen. Um mit der Célestine-Typisierung zu sprechen: Ich wurde ein klassischer Vernehmungsbeamter auf der Suche nach einer Wahrheit, die es nicht gab.
Ich fragte, hinterfragte, lernte zu durchschauen und blieb hartnäckig dran an Menschen wie meiner Tante, die sich in Gefühlsbereichen immer wieder in die Unnahbarkeit entzog und sich so bei den besorgten Familienmitgliedern ihr großes Maß an Aufmerksamkeit und Zuwendung sicherte.

Aus dieser Entwicklung resultierten mein psychologisches Forschungsinteresse und meine Fähigkeit zu strukturieren, denn ich war darauf angewiesen, mir meine eigenen Hilfsgeländer in dem Dschungel der Welt der Gefühle zu schaffen.

Analyseerfolge quittierte ich bisweilen mit einer gewissen Härte und mit einem gewissen Quantum an Selbstgerechtigkeit – das war meine Art von Schutz. Ich gestattete mir viel zu selten Weichheit, aus Angst, für einen kommenden Schlag nicht ausreichend vorbereitet und geschützt zu sein.

Mein Schulterbereich war von meiner ständigen Schildkrötenhaltung chronisch verspannt.

Ich wurde zunehmend von Menschen meiner Umgebung wegen meiner Tatkraft, Fröhlichkeit und meines psychologischen Einfühlungsvermögens aufgesucht und um Rat gefragt. Andere empfanden mich teilweise als arrogant und hart. Es gab häufig Momente, in denen ich mich nicht mehr fühlen konnte.

Und – ich hatte überlebt und dabei erfahren, daß ich mich auf meine Stärke verlassen kann.

Gleichzeitig und fast unmerklich begann der Rückweg zu mir selbst, zu meinem Gefühl.

Beruf und Berufung

Man lehrt, was man lernen muß ...

Wie entstehen Berufswünsche in einer Lebensphase, in welcher der Mensch doch erst beginnt, das Spektrum der eigenen Talente und Möglichkeiten zu entdecken und aufzufächern?

Als Heranwachsender hat man oft einen wichtigen Ausgangspunkt: man weiß, was man *nicht* will, und man weiß, was einem Spaß macht. Damit sind die beiden Bojen rechts und links der breiten Straße gesetzt, und die Sondierung der Möglichkeiten kann beginnen.

Ich wollte Nähe, Wärme, Liebe, Menschen, Kontakte, Auseinandersetzung, ich wollte berühren und berührt werden, wollte mit Menschen zusammenarbeiten und dabei meine Lebendigkeit und mein Gespür für andere leben können.

Ich wollte *kein* verkopftes, trockenes und zu langes Studium.

Genauer konnte ich nicht werden, und so einigte man sich in einem Familienrat auf den Beruf des Lehrers als zu meiner Persönlichkeit passend.

Ich war einverstanden mit diesem Vorschlag und auch erleichtert darüber, eine Zukunftsperspektive zu bekommen. Zwar war ich nie ein begeisterter Schüler gewesen, aber das ganze Geschehen im Klassenzimmer einmal von der anderen Seite aus beeinflussen und lenken zu können, übte ohne Frage einen großen Reiz auf mich aus. Hinzu kam, daß ich die Wahl der Schulform hatte, und natürlich wählte ich das, was ich später immer als »die Front« bezeichnete,– den sozial problematischen Bereich der Hauptschule.

Entwicklungshilfe zur Lebensbewältigung zu leisten – das war mir das Wichtigste, was sich aus meinem eigenen Weg erklärte. Die Bildungsinhalte, wie sie das Gymnasium in seiner höchsten und auch abgehobensten Form vermittelte, schienen mir damals zu sehr am Leben vorbeizugehen.

Darüber hinaus war es einfach so, daß diese intellektuellen Erklärungsversuche meiner Berufswahl nur die eigentliche Triebfeder meiner Marschroute hin zum Herz versteckten: meine eigene innere Problematik und die Verletzungen auf meinem bisherigen Weg.

Zum Glück wußte ich damals noch nicht, wieviel Wegstrecke zu diesem Ziel noch vor mir lag – eigentlich mein ganzes Leben.

Ich wusste jedoch: Ich wollte Basisarbeit leisten, die Welt zu einem besseren Ort machen, und mit diesem hohen Idealen begann ich mein Studium. Die ersten drei Semester in Saarbrücken waren dabei eher eine Einstimmung auf diese neue und selbstbestimmte Lebensform, die eigentliche Studiums- und Selbstfindungsarbeit begann jedoch in Freiburg.

Freiburg – dort studierte ich die letzten vier Semester, dort konnte ich den Faden zu meiner inneren und äußeren Freiheit und Unabhängigkeit wieder aufnehmen.

Ich kam wieder in manchen Momenten mit dieser ungeheuren Kraft in Berührung, die wie eine Wildkatze auf dem Sprung in Bereitschaft lag, wohl aber noch kanalisiert und geschliffen werden mußte. Beides hatte seinen Preis: Ich fühlte mich manchmal zutiefst einsam.

Dann glaubte ich auch wieder, dem ungeheuren inneren Druck nicht standhalten zu können. Aber wie jeder andere auch überlebte ich ihn natürlich und machte nach zwei Jahren Freiburg ein Examen, das immerhin um einiges besser war als mein mittelmäßiger Abiturdurchschnitt.

Freiburg ist eine sehr sinnliche Stadt, um vieles mehr als die herbe Schönheit meiner nordischen Heimat. Sie wurde neben Hamburg zu meiner zweiten heimlichen Hauptstadt.

Nach der wenig genußorientierten Lebensweise meiner Tante lernte ich jetzt die Gemütlichkeit der Gasthäuser mit ihren bodenständigen und überaus schmackhaften Gerichten und dem obligaten Viertel Weißwein kennen und schätzen. Das konnte ich mir natürlich nur äußerst selten leisten, und es war jedesmal ein Hochgenuß. Ich hatte damit eine überaus wichtige und lebensbereichernde Seite in mir entdeckt und seither nie aufgehört, damit gut zu leben und daran zu feilen.

Dazu traten nacheinander zwei wichtige Freundinnen in mein Leben, die mich auf meinem weiteren Weg begleiten sollten. Wir teilten die Nöte und Anstrengungen des Studiums, schlachteten auch schon einmal das Sparschwein der fünfjährigen Tochter der einen, um Kleingeld für weitere Zigaretten zu haben, und zündeten uns erleichtert über diesen Nachschub zum Streßabbau sofort eine neue Zigarette an, um dann weiter gemeinsam die pädagogischen Prinzipien in der Kindeserziehung zu büffeln ...

In Freiburg hat jede Jahreszeit einen besonderen Reiz, sei es der Sommer mit seinen heißen Tagen im Strandbad und den lauschigen Abenden in den Straßencafés rund um das Freiburger Münster oder den Gartenlauben der näheren Umgebung, sei es der Winter mit seiner schneebedeckten Landschaft der Schwarzwaldhöhen und den unendlichen Möglichkeiten von Skifahren bis zu Spaziergängen in Puderzuckerwäldern, und auch dort am Ende die Einkehr in Hütten mit knarrenden Holzdielen, wärmenden Kachelöfen und duftenden heißen Getränken zum Aufwärmen ...

Hier durfte ich also mein Examen zum Lehrer machen und meine Gesellenprüfung in Genuß.

Nach bestandener Prüfung feierten wir ein großes Examensfest in einer Hütte auf dem Land, zu der jeder über das Ausführen von Rallyeaufgaben den Weg fand, dann löste ich meine Bleibe auf, und es ging zurück in die Heimat.

Sehr schnell sollte es sich hier jedoch herausstellen, daß ein Miteinander von meiner Tante und mir unter einem Dach nicht mehr möglich war. Diese Zeit war vorbei.

Mit einem Ganzbeingips – ich hatte mir beim Skifahren in den Pyrenäen eine Bänderzerrung und einen Knöchelbruch zugezogen – humpelte ich mit Hilfe meines Freundes in meine neue kleine Behausung, ein Zimmer von der Größe einer Schuhschachtel. Die geleisteten Schritte in Richtung Erwachsensein und Unabhängigkeit waren zu mühsam gewesen, um sie noch einmal rückwärts zu gehen, und letztlich ist beim Aufbruch in eine neue Lebensphase ein Bruch immer heilsamer als das Wiederaufwärmen überlebter Strukturen.

Nach der Euphorie des Studiums in Freiburg und des bestandenen Examens folgte wieder einmal eine »Saure-Gurken-Zeit«: Eine Planstelle als Lehrerin war frühestens ab Herbst in Aussicht, und so verdiente ich mir drei Monate lang mein Geld als Verkäuferin in einem Saarbrücker Kaufhaus. Der Kontakt zu meiner Familie war auf gelegentliche Treffen mir meiner Schwester und meiner Cousine beschränkt. Rebellentum macht einsam ...

Ich hatte in dieser Zeit häufig nächtliche Weinkrämpfe und Nervenzusammenbrüche, ihr Thema war immer der unverarbeitete Tod meiner Eltern.

Hamburg und das Verlassen dieses Urnestes erschien mir wie ein Leben aus einer anderen Zeit, der Riß dazwischen wie ein Graben, der immer breiter und dunkler wurde. Wenn ich in diesen Graben fiel, schüttelt mich Weinen und Verzweiflung, und je mehr Zeit sich dazwischen häufte, um so mehr glaubte ich, daß es die Hamburger Zeit vielleicht gar nicht gegeben und daß ich vielleicht nie Eltern gehabt hatte, daß alles nur Einbildung gewesen war. Ich fürchtete dann, verrückt zu werden.

Bei einem Besuch in Hamburg fuhren meine Freunde und ich natürlich auch zu meinem Elternhaus. Immer noch gab es dort eine Praxis und immer noch war es eine Ärztin, die sie führte. Bei diesem ersten Mal vor dem Haus, konfrontiert mit der Wucht meiner Erinnerungen, aber ohne die geliebten Menschen meiner ersten Lebensjahre, die doch alle längst diese Erde verlassen hatten, hielt ich es nicht lange dort aus.

Ich war noch nicht so weit.

Zum Glück gab es das Stehaufmännchen in mir, wie Tante Lis es genannt hatte, und ich kam immer wieder auf die Füße, auch wenn eine dauerhafte Heilung noch nicht in Sicht war. Letztendlich war das eine der vielen Aufgaben, die wir beide miteinander zu bewältigen hatten, mein Liebster!

In jeder Phase von Niedergeschlagenheit half mir Arbeit, zur Ablenkung und zum Ausgleich gleichermaßen; und das Berufsfeld meiner Wahl war wirklich ein unglaublich ergiebiger Akker.

Man lehrt, was man lernen muß ...

Es begann mit dem ersten Jahr in Rheinland-Pfalz – im Saarland bestand immer noch keine Hoffnung auf eine freie Stelle, statt dessen nahm ich nach meiner Verkäuferinnen-Phase die sich bietende Stelle in einer kleinen Dorfschule in der Pfalz an, eine Autostunde von Saarbrücken entfernt. Ich lernte einen ebenfalls frischen Berufsanfänger aus Saarbrücken kennen, der auch dort eine Anstellung gefunden hatte, und gemeinsam bildeten wir eine tägliche Fahrgemeinschaft.

Die Schule war ein kleines zweigeschossiges Bauwerk am Rande des Dorfes, idyllisch neben einer steil abfallenden Kuhweide und einem großen Waldgebiet gelegen.

Wenn ich dort in den Sportstunden mit meiner Klasse Völkerball spielte, passierte es oft, daß der Ball hinunter zu den Kühen rollte. Dann mußte eines der Kinder ihn holen, und jedes Mal bekamen es die Schüler mit der Angst vor den friedlich grasenden Tieren zu tun. Je nachdem, wer sich ein Herz faßte und den Mut aufbrachte, änderte sich daraufhin das Machtgefüge in der Klasse, die Stimmung und das Verständnis füreinander wurden weicher und entspannter ...

Im Erdgeschoß waren die vier Klassenzimmer für die Grundschulklassen, im ersten Stock die fünfte bis neunte Hauptschulklasse untergebracht. Dort also war mein Revier zusammen mit vier Kollegen.

Die Schüler dieser Schule spiegelten in ihrer Zusammensetzung meine eigene innere und sehr konträre Befindlichkeit wider: Sie kamen aus dem kleinen Ort selbst – und dieser Anteil war brav, willig, sauber und pflichtbewußt –, und zu etwa einem Drittel aus einer großen Zigeuneransiedlung im Nachbarort – ihr Temperament stand entsprechend im Kontrast zu dem der Dorfkinder –, sie waren feurig, aufbrausend, nicht gebunden an die Regeln der anderen und nicht gebunden an Zeit und Raum.

Der Star meiner sechsten Klasse hieß Jenny, und sie zog es bisweilen vor, das Klassenzimmer durch das Fenster zu verlassen, wo sie dann vom Fenstersims mit katzenhafter Geschmeidigkeit in einem großen federnden Satz auf dem weichen Wiesenboden landete und im Nu um die Hausecke verschwunden war. Sie wählte diese Art von Abgang dann, wenn ich mich ihren periodisch auftretenden Störmanövern widersetzte. Ihr

Verhalten war das einer Raubkatze, die nach anhaltendem Scharren an den Gitterstäben ein Schlupfloch aus ihrem Käfig gefunden hat und dann in der Weite ihres Reviers untertaucht.

Jenny war unbezähmbar, und ihre gelegentlichen Unterrichtsbesuche waren eher kurze Probeversuche im Stillsitzen und Schweigen, als daß auch nur im entferntesten eine Art Stoffvermittlung stattgefunden hätte. In der Regel endete ihr Stillhalten damit, daß sie anfing, laut in die Klasse hineinzureden, und das steigerte sich bis zum lauten Singen oder Schreien.

Als Junglehrer von 23 Jahren war ich mit diesen Situationen ganz und gar überfordert, spürte auch den Erwartungsdruck der anderen Kinder an mich als Autoritätsperson und bekam es zu spüren, wenn ich mich nicht befriedigend durchgesetzt hatte. Das schlechteste Mittel der Wahl war immer Schreien; das signalisierte ihnen das Übertönen von Hilflosigkeit. Ich schrie trotzdem – das eine oder andere Mal.

In diesem ersten Jahr meiner Praxiserfahrung erfuhr ich die Grundzüge meiner »Berufung«: Kinder und Heranwachsende haben ein noch unverstellteres Einfühlungsvermögen, die Zuordnung zu Macht und Ohnmacht gelingt ihnen schnell und mühelos. Und je nachdem, wie offensiv ihre Struktur ist, ziehen sie blitzschnell ihren Vorteil daraus und treten in Aktion. Das alles spielt sich im Rahmen einer Gruppe ab, und die darin enthaltene Dynamik bestimmt dann auch den Klassengeist. Hat man mit den Schülern als Einzelwesen zu tun, so glaubt man oft, ganz andere Menschen vor sich zu haben.

Ich war noch sehr jung und wuchs so auch über meinen Beruf in die Erwachsenenreife hinein. Meine täglichen Erfahrungen pendelten zwischen den Polen Macht und Ohnmacht, zwischen Würde geben und Würde nehmen, zwischen hilflosem Reagieren und gelassenem Handeln. Damit war ich wieder an meinen

Lebensthemen und lernte das Gesetz der Resonanz kennen: Ging es mir schlecht und ich konnte das nicht verbergen, sorgten die Schüler durch ihr Verhalten dafür, daß es mir noch schlechter ging. Fühlte ich mich leicht und frei, so lief alles reibungslos und wie von selbst.

Darin scheint im schlechten Falle eine doppelte Ungerechtigkeit zu liegen, in Wirklichkeit beinhalten sie jedoch die große Freiheit des eigenen Willens, der eigenen Entscheidung: Wenn man nicht in die Falle des Selbstmitleids tappt, hat man so immer wieder die Möglichkeit, den Schalter umzulegen, die Korrektur liegt in der Situation selbst.

Aber ich mußte erst älter, reifer, weicher und geduldiger werden, um das auch wertschätzen zu lernen. In den Situationen damals empfand ich die Welt oft nur als grausam.

Aufbruch

Es ist der Gang der Dinge, solche Abschleifprozesse zu erleben und die sie begleitenden Wachstumsschmerzen. Sie sind die eine Seite die Reifung, die andere ist wie die Morgenröte – der Aufbruch in ein selbstbestimmtes Leben.

Ich fing also an, die Grundpfeiler für all das, was *ich* leben wollte, zu errichten.

Zuerst ging es um das Aussondern der mich beengenden Aspekte – das betraf unter anderem die Konventionen der »Man tut ... Man soll ... Man muß ...«-Sätze – sie wurden sofort gnadenlos und gründlich aus meinem System gefeuert. Viel länger kämpfte ich mit den Glaubenssätzen, nach denen Pflichterfüllung immer Lebensfreude und Genuß ausschließt und überhaupt Leben ein einziger mühsamer und schmerzhafter Prozeß ist.

Dagegen wurden meine wichtigsten Werte poliert und auf einen Sockel gestellt: Treue, mir selbst und anderen gegenüber, Freiheit zur Selbstverwirklichung und zu eigenen Entscheidungen, Ernsthaftigkeit im beruflichen Arbeiten und Genußfreude im täglichen Leben.

Ich bekam mein erstes Gehalt und zelebrierte das Umsetzen eines Teiles davon in einem ausgiebigen Stadtbummel. Ein Jahr nach Berufsbeginn fand ich über Bekannte eine kleine heimelige Dachwohnung in einer ruhigen Wohngegend mit herrlichen alten Häusern in ebenso herrlichen großen Gärten. Ich richtete mir mein neues Nest so ein, daß es jede Geselligkeit zuließ:

Zentrum der Wohnung war ein großer Tisch in der Wohnküche mit ausreichend Klappstühlen drum herum.

Dieser Sitzplatz wurde oft und reichlich von vielen Menschen benutzt. Mit meiner Kontaktfreude hatte ich mir innerhalb kurzer Zeit einen großen Freundeskreis aufgebaut, und wir alle pflegten ausgiebig und mit Hingabe unsere Geselligkeit. Ein guter Weißwein gehörte immer dazu, und so redeten und rauchten wir uns nächtelang die Köpfe heiß und veränderten die Welt.

In dieser Zeit entstanden meine Freundschaftsbeziehungen, die eine besondere Qualität von Dauer und Treue haben und in denen wir gemeinsam die Stadien von Existenzaufbau, Familiengründung bis zum Entlassen der Kinder in das eigene Leben erleben konnten. Es war eine Lebensphase, in der wir mit Leichtigkeit die große Kraft mobilisieren konnten, die es braucht, um einen Lebensentwurf in Gang zu setzen. Wir waren alle Anfang zwanzig und voller guten Glaubens an das, was das Leben uns schuldete oder wir ihm unter dem Einsatz aller unserer Kräfte abringen wollten.

Und wir waren uns gute Begleiter, im Besprechen von Problemen, Entscheidungen des Berufes wie auch des Privatlebens, in liebevoller Korrektur wie auch aktiver Unterstützung.

Dabei verdichtete sich in mir immer mehr das Gefühl, daß die Herkunftsfamilie nicht der Anker sein muß zu späterem Glück oder auch nur zur Zufriedenheit. Ich hatte mich schon längst entschlossen, mir die Menschen meiner inneren Heimat zu suchen, und ich war überzeugt davon, daß das Schicksal sie mir zuführen würde. Und so geschah es auch.

Ich gab mir die Wurzeln für mein eigenes Wachstum, und ich durfte erfahren, Liebe und Einsatzbereitschaft zu geben und die Wertschätzung meiner Person zu erfahren.

Ich war im Aufbruch.

Ebenfalls nach dem ersten Berufsjahr in Rheinland-Pfalz bekam ich durch den Einsatz meines Freundes die lang ersehnte Stelle im Saarland – eine Hauptschule in einem industriellen und von daher sozial problematischen Umfeld. Mit mir kamen drei weitere Junglehrer an dieses Schulsystem, und im Zusammenhang mit dem Direktor war diese Änderung meines Berufsfeldes ein echter Glücksstreffer.

Jede Lektion des Lebens läßt sich um so leichter bewältigen, je wärmer und kompetenter die Menschen des Umfeldes reagieren – das habe ich siebzehn Jahre lang an dieser Schule erfahren dürfen, und es hat mir in den zunehmend schwierigeren Zeiten des Schulalltags geholfen, durchzustehen und nicht der häufigen Versuchung, Fahnenflucht zu begehen, zu erliegen. Allein diese Erfahrung im Zusammenhang mit der mir eigenen Dünnhäutigkeit ist zu einem unschätzbaren Wert für mich und meinen Selbstanspruch von Pflichtbewußtsein und konstanter Wegbegleitung geworden.

Ich kam nicht umhin, die Eigenheit meines Weges und meiner Persönlichkeit zu akzeptieren: In mir wohnte eine zutiefst verwundete Seele, die mir immer wieder Einbrüche bescherte, und das um so heftiger, als ich vorher alles getan hatte, um nicht »schwach« zu werden. Das hieß immer, daß ich an mich selbst den Anspruch legte, nicht nur alles durchzukämpfen, sondern das auch noch in unbesiegbarer Fröhlichkeit. Ein hilfloses Stagnieren oder gar Tränen paßten nicht zu diesem Bild, das ich von mir hatte oder vielmehr glaubte, für die anderen und ihre Erwartungshaltungen leisten zu müssen.

So hatte ich tapfer eine Rüstungsschale nach der anderen um mein Herz gelegt. Das Bild, das ich dabei von mir hatte, war das eines dickrindigen starren Baumes – einer Eiche –, die in den Bewegungen des Windes knarrend ihre Zweige bewegt, und daneben sah ich eine geschmeidige, biegsame Pappel, die mit ihren kraft- und saftreichen Zweigen mühelos dem gleichen Wind nachgeben konnte, ohne ihre Form oder gar den Halt durch die Wurzeln zu verlieren.

Und mir wurde klar, daß das die wirkliche Kraft und Stärke darstellt, die sich im Nachgeben und Zugeben von Schwäche beweist und offen ist für neue Windrichtungen und den flexiblen Einstellungen darauf. Und trotzdem mußte ich mir selbst ohnmächtig zusehen, wie ich gegen besseres Wissen weiter an meiner Rüstung bastelte und quasi auf Autopilot ein Programm lebte, das meiner sich langsam durchsetzenden inneren Überzeugung völlig zuwiderlief.

Im Rückblick auf diese Zeit kann ich sagen, daß ich zwanzig Jahre meines Lebens damit beschäftigt war, Schutzwälle gegen befürchtete oder eingetretene Verletzungen zu bauen, und seit nunmehr fünfzehn Jahren dabei bin, die einzelnen Bausteine dieser Wallmauern wieder abzutragen, Stein für Stein.

Daß ich inzwischen nach eigener Entscheidung handelte und zudem das Schicksal es ausgesprochen gut mit mir meinte, konnte daran nichts ändern.

Aber alles hat seine Zeit, und mein System gab mir immer noch die Illusion von Sicherheit, Schutz und Selbstverwirklichung.

Nicht alle Kapitel des Lebens nehmen die gleiche Länge, den gleichen Raum ein.

Wieviel Platz sie beanspruchen, hängt ebenfalls nicht von der Menge an Monaten oder Jahren ab, in denen sie beherrschend sind, sondern von der Intensität und ihrer Veränderungskraft: eine unglückliche oder leidlich zufriedenstellende Beziehung zum Beispiel kann Jahre im Leben eines Paares beanspruchen –

wenn keiner von beiden den Mut hat, einen Schlußstrich unter dieses Kapitel zu ziehen, so ließe sich der Extrakt des miteinander Erlebten in wenigen Sätzen zusammenfassen und die Ernte in noch weniger.

Der Mensch fängt wieder von alleine an und ist um einige Zeitschleifen klüger. Mit Sicherheit wird ihm bei nicht bestandener Lektion das gleiche Thema in neuer Verpackung zu einem späteren Zeitpunkt serviert.

Ein kurzes Ereignis mit durchschlagender Wirkung wiederum kann dazu führen, daß sich ein Knoten löst und ich endlich angemessen reagiere, statt mich angstvoll zu verstecken, wie unzählige Male zuvor. Dieses Kapitel nimmt dann einen essentiellen Raum ein, denn es enthält einen Wendepunkt meines Lebens – der Käfer krabbelt an der nächsten Stufe hoch.

So gesehen bist Du das umfassendste Kapitel in meinem Leben – ein lebendiger Spiegel all meiner angehäuften und erworbenen Ängste und Sehnsüchte, ein unendliches Lernfeld, kleine und große Verwicklungen zu entwirren und zu lösen, neue Verletzungen hinzuzufügen, die Liebe zu verwunden und gleichzeitig immer wieder neu zu finden, in die Flucht geschlagen zu werden und doch zu bleiben. Und dann belohnt zu werden mit einem neuen Grad an Liebe – weicher, offener. verläßlicher, reicher.

All das stand mir bevor, als Du in mein Leben tratest.

Der Wanderer in meiner Seele

Es gibt keine Zufälle im Leben. Wir ziehen die Menschen und Situationen an, für die wir reif sind, die uns entsprechen und mit denen wir etwas zu lernen haben.

Ich war 25 Jahre alt, hatte mir mein eigenes Standbein geschaffen mit dem Beruf und der eigenen Wohnung, und war dabei, einen Schlußstrich zu ziehen unter die achtjährige Beziehung zu meinem Freund. Das war die Bilanz zu Jahresbeginn, und sie war verheißungsvoll.

Ich war seit meinem siebzehnten Lebensjahr in feste Freundschaftsbeziehungen eingebunden gewesen und fand es höchst spannend, mal ohne eine wandelnde Projektionsfläche durchs Leben zu gehen.

Und dann kamst Du.

Daß es Dich gab, wußte ich schon seit langem. Wir hatten einige gemeinsame Bekannte, und man traf sich immer wieder abends in einem Lokal. So erfuhr ich von »Gogo« und seinem Leben: Jurastudium in Freiburg und Münster, dort Verlobung mit einer (sehr attraktiven!) Münsteranerin.

Dein südländisches Aussehen empfand ich als eine Mischung aus Zigeuner und Indianer, dandyhaft der um den Hals gebundene Schal, voller Ruhe und Gemütlichkeit der pfeifenrauchende Godehard mit der tiefen und seelenvollen Stimme, dann wieder das Feuer, das plötzlich in Deinen Augen aufblitzte – ich konnte mir keinen Reim machen aus den vielen widersprüchlichen Eindrücken (später merkte ich: Sie alle waren Du, facettenreich, konträr, sprunghaft und voll versteckten inneren Kampfes).

Als ich Dich einmal in so einer pfeifenrauchenden Gemütlichkeit in einem Lokal traf, hatte ich sogar das Gefühl, so ein Mann wie Du sei zu langweilig für mich. Wie man sich doch täuschen kann!
In Wirklichkeit begegnete mir in Deiner Person die Wildkatze auf dem Sprung, das wilde, kraftvolle, unbezähmbare Tier, das auch in mir wohnte. Und es zog mich magisch an.

Der Beginn unserer ersten vorsichtigen Annäherung aber war langsam und zog sich über ein halbes Jahr hin.

Ich hatte Urlaub auf Mallorca und Menorca verbracht, mein Freund war dort geblieben, wir befanden uns bereits in der Phase des langen Abschieds.
Zurück in Saarbrücken, nutzte ich mit meiner Schwester noch die letzten lauen Sommerabende und das südliche Treiben auf dem Marktplatz der Altstadt.
Da saßest Du, eine hübsche junge Frau auf den Knien und gelassen die Pfeife in der Hand, Dein Blick intensiv und interessiert die Szene absuchend. Er blieb an mir hängen, und ich kam mit meinen Freunden wie magisch angezogen zu Deinem Tisch.
Es war das erste Mal, daß ich Dich so traf – nicht allein, aber ohne einen festen Begleiter –, und Du hast prompt reagiert. Als wären es weder Deine Knie, noch hätte die junge Frau sonst irgendwie etwas mit Dir zu tun, fingst Du an, unmißverständlich mit mir zu flirten. Nachdem einige kurze und präzise Fragen Dir die nötige Klarheit über meinen derzeitigen Lebenswandel gebracht hatten, kamen Deine Angebote: Du würdest zwar in zwei Tagen mit dieser Freundin nach Elba verreisen, aber wir könnten doch morgen nachmittag zusammen Tennis spielen gehen ...
Ich war völlig überrumpelt, verwirrt, auch geschmeichelt und

ganz und gar angezogen und wusste nicht, was ich davon halten sollte. Natürlich sagte ich ja.

Am nächsten Tag kamst Du gezielt fünf Minuten zu spät, so daß ich Dich ankommen sehen mußte: ein braungebrannter, wahnsinnig gutaussehender Typ mit schwarzen Haaren und weißer Tenniskleidung, in einem kleinen, roten offenen Sportflitzer (»Puppenaufreißer« nannte später mal ein Bekannter Deinen Spitfire) – das Ganze war einfach zu schön und kitschig, reif für jede Werbung, als daß nicht sofort der soziale Rebell in mir wachgerüttelt worden wäre. Aber – ich hing bereits an der Angel, wurde mit Macht von Dir in Deinen Dunstkreis gezogen.

Halb zog er sie, halb sank sie hin ...

Aus Deinen Elbaferien erhielt ich dann eine sehr liebevolle Postkarte, die erste von dreien in diesem halben Jahr (früher nannte man das »Brautwerbung«, oder?). Dann kamst Du im Herbst zum Kaffeetrinken zu Besuch und Du warst der erste Mann, der ein Glas Wein mit mir trank und kein Biertrinker war.

Eine Postkarte aus Paris, wo Du mit Deinen Kegelfreunden hingefahren warst. Ein zufälliges Treffen kurz vor Weihnachten in der Disco. Du bedauerst wortreich, daß Du nicht zu dem Silvesterfest kommen kannst, das ich in dem Lothringer Schlößchen meiner Verwandten feiern darf.

Eine Postkarte aus den Skiferien mit herzlichen Neujahrsgrüßen. Mittlerweile gehst Du mir nicht mehr aus dem Sinn.

Mitte Januar treffe ich Dich wieder unverhofft in der Diskothek. Auf der Tanzfläche drückst Du mir einen Kuß auf den Mund, begleitet von einem unverschämt frechen Grinsen.

Zwei Tage später fasse ich mir ein Herz und rufe Dich an. Du kommst sofort und wir gehen aus. In dem Lokal treffen wir eine gemeinsame Bekannte. Als sie ihrer Mutter am nächsten Tag von dem Treffen mit uns erzählt, sagt diese nur: »Wiebke und Godehard? Oh ja, die passen gut zusammen.«

Du kommst mit zu mir nach Hause, und diese Nacht besiegelt unser weiteres Zusammensein. Am nächsten Tag ziehst Du ganz zu mir.
Wir versinken in einem Meer von Seligkeit.

Ab diesem Moment gibt es nur noch uns zwei auf der Welt. Es öffnen sich Schleusen und lassen Ströme von Sehnsucht und Liebe hervorbrechen.
Ich bin zu Hause angekommen.
Der Tag beginnt für mich ab dem Nachmittag. Du kommst ... Wir reden, reden, reden, gemeinsames Kochen, Spazierengehen. Die Nächte ... Wir schaffen es maximal auf zwei bis drei Stunden Schlaf, bis der Wecker für mich um halb sieben klingelt. Du altes Murmeltier dagegen kannst länger liegenbleiben.
Im Unterricht schweifen meine Gedanken immer wieder ab, und ich bekomme einen roten Kopf in der Erinnerung an die Nacht.
Trotzdem schaffe ich meine zweite Lehrerprüfung mit dem bestmöglichen Ergebnis, während Du in der Referendarzeit Deine erste Berufserfahrung machst.
Mein Freundeskreis ist zum Teil erst einmal auf Distanz gegangen, und Du hältst Abstand zu Deinen Freunden.
Es ist uns recht so, denn neben der notwendigen Zeit, die wir beide als Berufsanfänger in den Lehrer- und Juristenjob investieren müssen, haben wir nur Augen, Ohren, Hände und Zeit füreinander.
Es gibt so unendlich vieles zu erzählen, was alles passiert ist in unserem Leben, bevor unsere Wege sich gekreuzt haben!

Die Erfüllung unserer Sehnsucht im anderen, sie tut fast weh und reißt die Dämme all der Jahre ein.

Wie oft habe ich, noch während ich bei Dir sitze, dieses schmerzliche Ziehen dort, wo mein Herz schlägt: »Ich habe so Heimweh nach Dir! ...«

»Aber ich bin doch noch da!«

»Ja, aber ich muß gleich in die Schule und Du ins Ministerium!« ...

Ich hatte in den Monaten vor unserem Zusammenkommen immer das Gefühl, daß ich meinen Märchenprinzen finden werde, und zwar bald.

Da bist Du also.

Daß Deine Eltern unter dem Dach ebendieses Hauses die Honeymoonzeit ihrer ersten gemeinsamen Jahre verbracht haben, ist für uns ein gutes Omen.

Unser gemeinsamer Weg beginnt im Januar 1976.

Ab diesem Jahr feiern wir jedes Jahr unseren Kennenlerntag, mehr noch als den Hochzeitstag, und jedes Jahr werden wir uns darüber streiten, ob wir den Tag des ersten Kusses feiern – das ist Deine Wahl – oder das Datum zwei Tage später, als wir unsere gemeinsame Leidenschaft und Sinnenfreude entdeckten und Du zu mir zogst – das ist meine Wahl. Du empfindest diese Wahl als zu prosaisch, wir diskutieren jedes Mal aufs neue darüber und feiern dann den zweiten Tag.

Verlauf und Ergebnis dieser Entscheidungsfindung sind symptomatisch für unsere Beziehung: jeder von uns erreicht bei gemeinsamen Abwägungen einen Punkt, wo er weiß: das ist es – und nichts anderes. Zu diesem Zeitpunkt ist der andere noch schwankend in seinen Überlegungen und schließt sich an. So gibst mal Du, mal gebe ich den Anstoß, und gemeinsam sind wir ein sehr entscheidungs- und erneuerungsfreudiges Team, wie die Zukunft noch zeigen wird.

Zu Beginn aber wollen wir beide das gleiche, und das ist nur eins: uns.

Der Winter meint es gut mit uns, er beschert uns viele kalte und schneereiche Tage. Wenn wir uns am Nachmittag in unserer kleinen Dachwohnung treffen, nutzen wir die Schneelandschaft zu häufigen Spaziergängen. Unser Austausch: Wo warst Du, als ich dieses und jenes erlebt habe?

Auch Deine Lieblingsstädte sind Freiburg und Hamburg, dort hast Du studiert. Wir können also nachvollziehen, wie und wo der andere gelebt hat. Die Weggefährten der vergangenen Jahre: wie und wer waren sie, in wen warst Du schon verliebt, welcher Typ zieht Dich an, was magst Du vor allem an Menschen? Und: was magst Du an mir? Spätestens bei dieser Frage versagen die Worte und finden ihren Ausdruck in Zärtlichkeit und Leidenschaft.

Wir sind ständig miteinander beschäftigt, vermissen nichts und niemanden und sind in diesen ersten Monaten oft genug eine Zumutung für die anderen, wenn wir uns in Gesellschaft befinden.

An den Abenden kochen wir und entdecken damit unser größtes gemeinsames Hobby: Es bietet die Möglichkeit zu Entspannung, Gedankenaustausch und Kreativität und garantiert als Ergebnis den Genuß der Sinne. Und es wird zu der problemfreiesten Zone für uns zwei.

Das erste Gericht, mit dem ich Dich kulinarisch erobere, ist Hasenschlegel mit Pilzen in Rotwein-Sahne-Soße. Es hat Dich später oft so berührt, daß die Erinnerung daran Tränen der

Wehmut in Dir aufsteigen läßt und eine »Weißt-Du-noch«-Geschichte daraus wird.

Schon nach zwei Monaten fragst Du: »Könntest Du Dir vorstellen, daß wir beide so einen kleinen Springer zeugen?« Die Vorstellung, mit Dir zusammenzubleiben und eine Familie zu gründen, erzeugt in mir eine Dauereuphorie, wie ein lebenslängliches Abonnement aufs Glück.

Wir beginnen zu planen.

Problembeladene Freunde meines alten Kreises verschrecke ich mit diesen euphorischen Seligkeitszuständen, sie kamen mit mehr Unglück und Trauer besser zurecht und ziehen sich zurück.

Da uns der Süden mit Wärme, Farben und Gerüchen am meisten zusagt, verbringen wir die Osterferien an der Côte d'Azur:
 Es ist Dir peinlich, als die Wirtin Deiner Lieblingsherberge in Gassin mich für Deine frühere Freundin hält (welche denn, bitte schön?) und meint, ich sei aber viel größer geworden ...
 Es stimmt, Deine Freundinnen waren immer klein, grazil und dunkelhaarig, und jetzt ich: groß und blond ...
 Abends sitzen wir in einer kleinen Kneipe in St. Tropez voller lärmender Einheimischer, spielen Schach und trinken einen vin blanc, bevor wir uns aufmachen, ein Lokal Deiner Wahl aufzusuchen, wo der Kellner Dich noch kennt. Hier warst Du oft mit Deinen Münsteraner Freunden. Euer anderes Ziel war immer Sylt.
 Du bist sichtlich stolz, mir das alles erzählen oder zeigen zu können, und ich merke, daß ich einen Mann mit Stil, Charme und Weltgewandtheit gefunden habe.

Freundinnen: Du hattest viele ...

Meine alte Freundin kennt Dich aus der Kneipenszene und warnt mich unmißverständlich vor diesen Seiten Deiner Persönlichkeit. Eine ehemalige Freundin von Dir erklärt mir, daß sie mich sympathisch findet, aber sicher ist, daß Du zu ihr zurückkehrst – ich mache Dir eine Eifersuchtsszene.

Deine vor mir letzte Freundin unternimmt einen (mißglückten) Selbstmordversuch wegen Dir, Du wirst benachrichtigt und fährst überstürzt ins Krankenhaus.

Ich bin hilflos: »Was macht Dich eigentlich so sicher, daß Du mich heiraten willst?«

Du: »Du bist es, es gibt keine sonst!«

Wir legen unseren Heiratstermin fest: 1. Oktober 1976.

Unser Entschluß ist unumstößlich: Wir werden nicht kirchlich heiraten, wir stehen nicht dazu.

Deine Eltern sind sehr gläubig und kircheneifrig, Deine Mutter mobilisiert alle Überzeugungs- und Überredungskünste – wir bleiben bei unserem Entschluß.

Dann geht es an die Detailplanung. Heraus kommen neben der standesamtlichen Trauung noch zwei Feste: ein Familienfest in sehr feierlicher Umgebung und ein großes Fest für die Freunde in einer Hütte.

Mein Rektor schenkt mir einen freien Samstag, so daß wir nach dem Standesamt für drei Tage in die Vogesen fahren können und dort eine Hochzeitswanderung machen. Daß es einen ganzen Tag nur regnet, stört uns nicht im geringsten. Wir wandern im Friesennerz und festen Schuhen und schmieden Zukunftspläne. Zuerst die zweite Lehrerprüfung Anfang des darauffolgenden Jahres und dann irgendwann einmal Kinder. Wir sind ja noch jung und haben Zeit!

Zwei Monate später bin ich schwanger.

Schmerz und Trauer sind wie Wächter – sie halten die inneren Tore zu den großen Seen der Gefühle offen, deren Wasser immer alles enthält – alle Potentiale, alle Schattierungen, alle Möglichkeiten, alles gleichzeitig und alles immer.

Wir nehmen die Wirklichkeiten nur in Teilausschnitten wahr, und in schweren Zeiten blendet unsere Seele gnädig ein Zuviel an Bürde aus, und wir bekommen Einblick in das, was wir verkraften können.

Und wenn das so ist: Wieviel Glück können wir aushalten?

Wie fühlt sich das Glück an?

Und wie vor allem das Glück, einen Menschen zu treffen, mit dem sich sofort das Gefühl von Heimat einstellt?

Der Beginn meines Weges mit Dir – eine goldene Straße ergießt sich aus einem Füllhorn des Glücks, und wir baden in Gold, wir baden, baden, baden ...

Dich um mich zu haben, sobald mein Berufsalltag mich entläßt, Dich zu spüren, Deine Haut zu streicheln, Deine warme, tiefe Stimme zu hören, in Deinen Armen geborgen zu sein und endlos reden zu können – ich glaube, alles Glück der Welt für mich und Dich allein zu haben. Wir tauchen nachmittags, wenn wir aufeinandertreffen, in dieses Meer von Glückseligkeit ein und bewegen uns da unter der Wasseroberfläche bis zum nächsten Morgen, wenn jeder wieder seiner Wege geht.

Unser Tun: Hand in Hand, Arm in Arm, Seite an Seite gleiten wir durch eine Welt voller wundersamer Korallenriffe, spielen mit Licht und Schatten, fangen den Tag und erobern die Nacht.

Wir spüren den Puls des Lebens in uns und um uns und sind doch ganz allein auf der Welt, einer Welt, die sich sachte und mit leisen Schritten zurückgezogen hat, um unseren Tanz der Glückseligkeit und der Verschmelzung nicht zu stören ...

Du und ich – Wir geben alles hin, was uns ausmacht und was in uns ist und saugen alles auf, was wir erfahren und bekommen.
Am Ziel der Sehnsucht, angekommen in der Heimat, endlich, entsteht die Sehnsucht jeden Moment von neuem.
Wir können nicht lassen voneinander.
So schnell geht alles in dieser Anfangszeit von uns beiden, so schnell und doch nicht überhastet.
Die Zeit gewinnt hier eine doppelte Qualität: Indem wir sie uns nehmen, für uns und unsere Sehnsucht nach einander, dehnt sie sich bis zur Endlosigkeit.
Und gleichzeitig folgt in kurzzeitiger Reihenfolge ein Ereignis auf das andere.

Lass uns den Film anhalten, mein Liebster, und sehen, wie wir es geschafft haben, unser beider Leben in eins münden zu lassen und daraus voller Kraft alles Neue zu schöpfen.
Lass uns diesen Film noch einmal gemeinsam abspulen, langsamer, und erkennen, wie wir gemeinsam auf die Spur unseres Lebensplanes kamen, diesen Weg betraten, ihn gingen, wieder verloren haben und in falsche Richtungen geirrt sind, mal gemeinsam, mal jeder für sich, und dann wieder in seine gespurte Loipe zurückkehrten ...

(EUCH ZUM ANFANG!)
Aus einer Traurede von Romano Guardini:

Bräutliche Liebe ist groß, und sie muß groß sein, sonst hätte sie nicht die Gewalt, zwei Leben in eins zu ziehen: die Gefüge zu lockern, in denen jedes für sich gestanden hat; sie von ihrem eingeborenen, eingewachsenen Mittelpunkt zu lösen und in eine neue Geschehnisgestalt zu stellen. Bräutliche Liebe hat die Kraft der Verwandlung ...

Sie bringt alles in ein anderes, schöneres Licht, den Menschen vor allem, dem sie gilt ...

Aber diese Liebe hat ihre Zeit, und aus ihr soll eine andere hervorgehen, die herber ist, doch größer und tiefer: die eheliche Liebe.

Auch sie vermag Verwandlung zu wirken, aber anderer Art ... Diese Liebe will nicht Schein, und sei er noch so schön, sondern Wirklichkeit. Ihr Wesen ist, Wirklichkeit lieben zu wollen. Ihr Werk ist, Wirklichkeit in sich aufzunehmen ...

Darin, daß die bräutliche Liebe die Wirklichkeit aufnimmt, immerfort, Feiertag und Alltag, darin vollzieht sich ihre Verwandlung. In diesem Sich-Verwandeln aus immer neuen Anfängen heraus, läuft die zweite Geschichte. Jene, die Gott mit dem Sakrament der Ehe eigentlich gemeint hat ...

Darin, daß die bräutliche Liebe den Anderen liebt, wie er ist, nicht wie sie ihn sich zurechtgeschaut hat; daß sie seiner nicht müde wird, sondern ihn Tag um Tag neu empfängt, daß sie ihn nicht fertig zu besitzen glaubt, sondern immer neu gewinnt – darin wandelt sie sich in die eheliche Liebe. In jene, die sich von Gott her aus Treue und Geduld aufbaut. Sie ist tiefer als die andere, denn tiefere Bereiche des Inneren setzen sich ein ; sie ist reiner als die andere, denn sie kommt aus freierer Selbstlosigkeit; sie ist stärker, denn sie hat das Geheimnis der Geduld und Überwindung und Ewigkeitskraft in sich.

Aus Guardini: In Spiegel und Gleichnis

Zu unserer Hochzeit bekommen wir diese Gedanken zur Liebe, handschriftlich auf Büttenpapier geschrieben und eingeheftet in eine lederne Dokumentenmappe, von Deiner Lieblingstante geschenkt.

Ich bin betroffen von der Tiefe und Weisheit dieser Zeilen.

Und dennoch: Ich wehre mich heftig dagegen, will nicht heruntergeholt werden von der Luftigkeit meiner rosa Wolke, möchte ewig bleiben in diesem Zustand. Noch ist das für mich das Glück, jede Änderung und Einschränkung ein Verlust desselben.

Das weitere Leben mit Dir wird mir jedoch zeigen, daß zum Glück nicht nur dieser Glanz, sondern auch seine Gegenstücke gehören und daß sich darin die Wandlung vollzieht.

Wie will ich sonst Entspannung erfahren, wenn nicht vorher Anspannung da war? Wie erklärt und empfindet sich das Glück, wenn man vorher nicht seine Kehrseite kennengelernt hat – Kummer, Bedrängnis, Druck als Auslöser zur Veränderung, das Alte und Überkommene aussondern und so Platz für das Neue schaffen. Und dann wieder in den Aufbruch geraten, einen weiteren mit neuen Zielen, einem neuen Weg, mit veränderten Strategien ...

Diesmal waren *wir* im Aufbruch – zu zweit auf einem Weg, und ich lernte aufzumachen und von dem *ich* zum *wir* zu kommen.

Zögernd und tastend, voll ungläubigen Staunens, daß meine Wünsche Wirklichkeit wurden, begann ich, mein Herz zu öffnen:

Ein großes Tor ging langsam auf, seine doppelflügeligen Türen reichten bis in den Himmel, und indem sie knarrend voneinander wegstrebten, ließen sie Fluten von gebündeltem Licht herein. Vor mir breitete sich eine große Ebene aus, in dem Licht

die ersten Konturen erkennbar : geschwungene Linien von Hügeln, leichten Bergen, Mulden eingestreuten Felsbrocken, all das inmitten großer Weite.
Meine inneren Räume begannen, sich zu erkennen zu geben.

Mein Weg mit Dir, *unser* Weg, *Wir* ...

Noch ungeübt und unbeholfen meine ersten Schritte, empörte Korrekturen von Dir: »Wieso erzählst du, wenn du gefragt wirst, von dir und sagst ›*Ich*‹? Bin ich nicht dabei? Warum sagst du nicht ›*Wir*‹?!«

Es war ein Geschenk, diese Deine Öffnung zu mir, Dein Vertrauen, bei mir und mit mir die Nähe zu Deinen Gefühlen zu suchen und ihnen im Finden vorsichtig Ausdruck zu geben. Du hattest keinerlei Erfahrung darin.
Meinen Vorsprung auf diesem Gebiet quittiertest Du mit Angriff und leichter Arroganz: »Ich habe noch keinen Menschen erlebt, der soviel psychologisiert!«, um dann gleich darauf mit einem schiefen Seitenblick Dir die Früchte meiner jahrelangen Arbeit einzufordern: »Erzähl mir was von mir – wie siehst Du mich? Was empfindest Du für mich?«
Wenn ich dann begann, vorsichtig meinen Gefühlen und Empfindungen Dir gegenüber Ausdruck zu geben, entfaltete sich vor Dir ein bunter Teppich Deiner selbst, auf dem Du Dich genußvoll räkeltest, seufzend vor Wohlbehagen.
Wie lange hattest Du darauf gewartet, gebraucht und geliebt zu werden und das auch gesagt und gezeigt zu bekommen! Wie lange hattest Du darauf gewartet, Deinen Gefühlsreichtum leben zu können und ganz und gar angenommen zu werden.
Das gleiche erhielt ich von Dir ...

Hand in Hand, Arm in Arm, dem Tag jede Sekunde abfeilschend, die wir nicht miteinander verbringen konnten.
Wir machten alles gemeinsam, es gab nichts Trennendes – Wir ...

Zur gleichen Zeit begannen unsere Machtkämpfe, und sie hatten in dieser Anfangszeit zwar etwas Ernstes, aber noch und vor allem etwas Spielerisches.
Sie genügten, um uns klarzumachen, daß da zwei starke Charaktere aufeinanderprallten, denen die Sanftmut nicht von der ersten Fee in die Wiege gelegt worden war ..., die Reibefläche brauchten, um ihre Kanten und spitzen Ecken abzuschleifen.
Noch waren unsere Auseinandersetzungen wie das Balgen junger Katzen (und so endeten sie auch meistens!), aber wir bekamen bereits einen Vorgeschmack auf das, was uns auf unserem gemeinsamen Weg erwartete.

Auch hier wieder wird mir erst aus der Distanz der Jahre klar, was dabei unser größter Gewinn war, jedem für sich selbst und – eingebracht in die Beziehung – ein Pool an Kraft für uns beide:

Wir kamen an unsere Gefühle heran. Ich fühlte mich wieder und das zunehmend, ich fühlte mich so lebendig wie seit meinen glücklichsten Kindheitstagen nicht mehr, nur war jetzt die Palette der erfahrenen Eindrücke und Gefühlsschattierungen ungleich vielfältiger, im Licht wie im Schatten.
Meine Rüstungsschalen, die sich um mein Herz gelegt hatten, öffneten sich einen Spaltbreit bis zum Herzen und ließen Wärme und Licht zu.
Indem ich bei Dir meine Heimat gefunden hatte, war ich ganz bei mir angekommen.

Natürlich war es so, daß auch hier jede Erscheinung ihr Gegenteil in sich trägt, und so sollten über kurz oder lang meine unguten Gefühle, der Stau von Wut, Ärger, Aggression auch durch ebendiese Öffnung heraus. So erschreckend und zurückwerfend uns das auch auf den ersten Blick erscheinen mochte, war es in seiner Wirkung doch eine unermüdliche und tiefgreifende Reinigung unserer Seelen, was den aufbauenden Aspekt unserer zukünftigen Auseinandersetzungen betraf.

Und: Wir stellten uns! Wir stellten uns jeder Konfrontation und Herausforderung durch den anderen.

Mit einem Wort: Wir lernten die Liebe kennen, die Liebe jenseits von romantischen Gefühlsduseleien, die Liebe als Arbeit und als Lohn.

Das Leben floß, und wir waren mittendrin im Strom.

Ich liebe Dich.
Ich Dich auch.

Nestbau und Revierkämpfe

Für zwei, die im Rausch der Anfangsverliebtheit waren und gleichzeitig mit der Arbeit des gemeinsamen Weges begonnen hatten, für uns zwei, die wir so viel Zeit noch für uns ganz allein brauchten, auch zum Ausloten und Ausleben unserer so unendlich vielen gemeinsamen Interessen, kam die Schwangerschaft sehr früh – und naiverweise völlig ungeplant.

Da drängte mit Macht ein kleines Wesen ins Leben, und wir freuten uns riesig und waren uns gleichzeitig bewußt, daß dieser kleine Mensch wohl viel Raum einnehmen würde – oh ja, er würde!

Meine Schwester ist die erste, der wir es erzählen. Sie ist fast ebenso erstaunt wie wir, selber auch noch gar nicht in Familiengründerstimmung, da die letzten Semester ihres Studiums ihren ganzen Einsatz benötigen.

Dann legen wir, fast unbewußt, die Strategie für die kommenden Monate fest:

»Schwangerschaft ist keine Krankheit«, heißt die Maxime – jung und gesund wie ich bin, will ich bis zum Ende der Schwangerschaft meinen Tagesablauf tatkräftig durchziehen und diesbezüglich auf nichts verzichten. Du steuerst so kernige Sätze bei wie: »Früher haben die Bäuerinnen ihre Kinder auf dem Feld geboren, davor und danach haben sie ganz normal weitergearbeitet ...«

Ich merke schon, daß ich in punkto Achtsamkeit, Vorsicht und Zurückstecken von Aktivität für mich selber werde sorgen müssen, oft genug sicher auch gegen Deinen Widerstand!

Da Du Dir schon nach den ersten drei Monaten unseres Zusammenseins eingefordert hast, daß ich mit dem Rauchen aufhöre, so ich die Mutter Deiner Kinder werden will, habe ich also die ersten Umgewöhnungsmonate bereits hinter mir. Ich bin dabei, mich neu zu programmieren, und alles das geht in Richtung größerer Achtsamkeit mit meinem Körper und dadurch vermehrten Wohlbefindens. Kein anderer Moment dazu wäre auch passender als der jetzige, wo doch mein seelisches Wohlbefinden so groß ist und ich nicht auf Ersatzfelder ausweichen muß, um das zu bekommen, was mir zu meinem Glück noch fehlt. Es ist alles da.

So ergibt es sich von ganz alleine, daß ich systematisch auch die Ernährungsumstellung angehe und mit der »FDH«-Methode beginne.

Ich bin ungeheuer stolz auf meine Selbstdisziplin und fühle mich so wohl in und mit mir selbst wie schon lange nicht mehr.

So geht es mir während der gesamten Schwangerschaft prächtig, und wie nebenbei nehme ich fünf Kilo von meinem eigenen Körpergewicht ab, ich fühle mich federleicht!

Unser mentales Floß heißt Kraft, Zuversicht und jede Menge Lebensfreude.

Die ersten Wochen im neuen Jahr haben ein Gleichmaß an Tätigkeit und Entspannung:

Ich bereite mich auf meine zweite (und letzte!) Lehrerprüfung vor, neben dem normalen Unterricht mit 24 Wochenstunden. Täglich sitze ich an der Schreibmaschine und tippe meine Examensarbeit ein, hinzu kommt die Ausarbeitung der Examenslehrproben. Ich bestehe alles mit der Gesamtnote Eins – Hurra! Input und Output stimmen völlig überein!

Die Wochenenden können wir uns weitgehend freihalten von beruflicher Arbeit – auch eines unserer gemeinsamen Lebensprinzipien.

Jeden Sonntagmorgen beginnen wir mit einem ausgedehnten Frühstück, dem ein ebenso ausgedehntes Schachspiel folgt, alles noch in unseren Bademänteln.

Nebenbei habe ich wieder angefangen zu stricken. Der erste Pullover für Dich – knallrot und nach eigenem Entwurf – wird fertig, auch er wird als Symbol der glücklichen Anfangszeit zu einer »Weißt-Du-noch?«-Geschichte und nimmt neben den Hasenschlegeln in Rotwein seinen Platz in unserem Erinnerungsregal ein.

Mit einsetzendem Frühling beginnen wir, uns um eine neue und größere Wohnung zu kümmern, und finden eine großzügige Altbauwohnung, deren 120 Quadratmeter sich auf drei große Zimmer, ein kleines Zimmer, Küche und Bad verteilen.

Wir renovieren und streichen, auch ich kann noch mithalten, und ziehen im Frühsommer um. Unser Faible für Altbauwohnungen, deren Räume und Mauern schon Geschichte erlebt und gespeichert haben und deren Deckenhöhe aus einer anderen Zeit mit einer anderen Großzügigkeit stammt, dieses Faible wird uns immer bewußter.

An Pfingsten wiederholen wir zum zweiten Mal, was wir im Jahr davor begonnen haben und was über viele Jahre von uns geschöpfte Tradition werden soll: Wir organisieren für uns und unsere Freunde eine dreitägige Pfingstwanderung, dieses Mal und ab jetzt in die Vogesen.

Auch hier hindert mich mein nun gut sichtbarer Bauch nicht, kräftig mitzumarschieren, und wir genießen mit den anderen die Sonne und Wärme dieser Tage.

Wieder zu Hause, inspizieren wir ein ums andere Mal den Inhalt unserer frisch gestrichenen Wickelkommode: Berge von säuberlich gefalteten Strampelhöschen, Wickelhemdchen, winzig kleinen Unterhosen, Stoffwindeln.

All das führt uns vor Augen, wie das kleine Wesen aussehen wird, das da demnächst unser Leben bereichert und das sich trittkräftig stündlich in Erinnerung ruft.

Mein Lieblingskollege an meiner Schule hat zusammen mit den Schülern meiner Klasse im Werkunterricht ein wunderbares Kinderbett gebaut, das für die ersten zwei Jahre halten wird. Alles ist gerichtet und vorbereitet für den 8. August, wenn unser kleiner Löwe (oder kleine Löwin? Wir wissen es noch nicht) kommen soll.

Um uns herum brechen alle in die Sommerferien auf. Wir genießen die ersten Augusttage auf der Terrasse und sind voll zunehmender erwartungsfroher Spannung.

Das Gefühl in uns: unser frisch begonnenes Leben zu zweit wird sich erneut ändern – alles wird neu und alles wird anders.

Einige Tage vor dem errechneten Geburtstermin laden wir noch einmal Freunde zum Pizzaessen ein: es sind die Mutter und die Schwester meiner besten Freundin, und ebendiese Schwester ist Hebamme in der Entbindungsstation meiner Wahl. Sie erzählt, daß sie noch einen Arbeitstag und dann vier freie Tage vor sich hat, die sie mit ihrem Freund in Paris verbringen will.

Wenn ich also von ihr entbunden werden will, solle ich mich in meiner Zeitplanung nach ihr richten ...

Um 23 Uhr sind wir alle müde, mich drückt der Bauch, und meine Freundin muß am nächsten Morgen ihren letzten Diensttag vor den Kurzferien um sechs Uhr antreten.

Morgens um fünf Uhr marschiere ich wie nun schon seit ein paar Wochen auf die Toilette und will mich todmüde wieder hinlegen, als sich ein Wasserfall aus mir ergießt ... Mit Hilfe unseres schlauen Buches akzeptieren wir nach eingehender Analyse das, was sowieso schon klar ist – die Fruchtblase ist »geplatzt«. Jetzt, wo es soweit ist, wird es mir doch sehr mulmig!

Um 5.30 Uhr sind wir im Krankenhaus. Während ich an der Aufnahme meine Angaben mache, läufst Du zum Auto zurück und holst meinen Koffer. Dabei triffst Du unsere Freundin, die gerade ziemlich verschlafen ins Krankenhaus kommt.

Ich bekomme ein weißes Kittelchen an und lege mich in den Kreissaal auf das Entbindungsbett.

Sechs anstrengende Stunden beginnen: Um die Zeitabstände zwischen den Wehen zu verkürzen, werde ich an den Wehentropf gehängt. Du fährst in dieser Zeit nach Hause, um schnell zu frühstücken und Dich bei Deiner Dienststelle für heute abzumelden.

Währenddessen kommen bei mir die Wehen immer schneller, ohne daß der Muttermund sich ausreichend öffnet, also wird der Wehentropf vorübergehend abgestellt. Das und diverse Schmerzspritzen haben eine derartig einschläfernde Wirkung auf mich, daß ich einschlafe. Als irgend jemand im Vorübergehen den Tropf wieder anstellt, schrecke ich hoch und bin völlig hilflos den plötzlich einsetzenden Schmerzen ausgesetzt. Überhaupt geht es an diesem Morgen chaotisch zu im Kreißsaal: Ständig tauchen andere weißgekittelte Medizinleute auf, drücken mir die Hand (und dabei gleich den Puls) und verschwinden wieder. Dazwischen ein Fortbildungslehrgang auf Besichtigungstour – ich fühle mich wie ein Ausstellungsstück.

Endlich, um 11.30 Uhr beginnen die Preßwehen. Ich stelle mich so dumm an, daß die ganze Luft im knallroten Kopf landet und Du mir auf Anweisung die Sauerstoffmaske auf das Gesicht drückst. Ich hatte nicht gewußt, das all das so schmerzhaft ist.

Ob andere Frauen das auch so empfinden?

Bei der dritten Preßwehe verkündet meine Freundin: »Es hat Haare«. Bei der fünften dann schlupft Christoph heraus – sehr groß und schon ungeheuer fertig. Als erstes gucke ich in die riesigen Nasenlöcher seiner seitlich verdrückten Nase (was sich in den nächsten Wochen sehr schnell wieder zurechtrückt).

Während er fertiggemacht, gewickelt und gemessen wird, schauen wir beide uns überglücklich in die tränengefüllten Augen – es ist ein so inniger und glücklicher Moment, ein weiterer Markstein auf unserem Weg.

Alles weitere geht schnell und problemlos.

Dann werde ich in meinem Bett in den Flur geschoben. Christoph liegt in seinem Bettchen neben mir und knatscht. Oh, wie ist das Leben schön!

In den kommenden Krankenhaustagen lerne ich, mich auf meine neue Rolle einzustimmen.

Die Art, wie Christoph beim Stillen trinkt, sagt viel über ihn aus: kräftig, gierig nach Nahrung, voller Forderung nach Leben. Dieser kleine Mensch wird nicht lockerlassen, bis er hat, was er will!

Ich bekomme ihn regelmäßig gebracht, und als ich bei einem der ersten Male gerade über den Flur gehe, wird der Wagen mit den vielen eingewickelten und geschichteten Winzlingen in den Gang geschoben, und ich stelle entsetzt fest, daß ich im Vorübergehen mein Kind nicht auf Anhieb erkenne!

Noch ist seine Nase schief und sein Köpfchen länglich gezogen, aber langsam richtet sich alles wieder.

In den sommerlich warmen Augusttagen gehe ich jeden Nachmittag mit dem besten aller Ehemänner in dem Park neben dem Krankenhaus spazieren.

Du holst uns beide nach einer Woche ab, und es geht nach Hause.

Das Gefühl dieser Tage ist das, was alle frisch gebackenen Eltern kennen; das Erleben eines Wunders, und phasenweise bewege ich mich wie in Trance durch diese neue Bereicherung.

Die Harmonie zwischen uns beiden ist dabei der Ausgleich zu unserer Unsicherheit, die wir in unserer neuen Rolle empfinden, und der Angst, etwas falsch zu machen.

Von Anfang an machen wir alles gemeinsam oder wir teilen uns die Aufgaben. Schon jetzt gilt: Auch wenn wir Eltern sind, wollen wir uns unsere Unternehmungen zu zweit nicht nehmen lassen.

Im übrigen aber ist Christoph immer dabei bei unseren Unternehmungen und in seinem Bastkörbchen »bereist« er mit uns unsere Freunde und Lieblingslokale.

Nur bei den abendlichen Einschlafritualen bleiben wir konsequent zu Hause und halten uns an die Festzeit von acht Uhr, all das natürlich immer in seinem eigenen Bettchen. Er soll wissen, daß er ein Nest hat, und dieses Nest nimmt ihn jeden Abend auf und geleitet ihn in die Welt des Schlafes und der Träume.

Unsere Konsequentheit hat sehr angenehme Folgen: Christoph wie auch später Katrin schläft ab der sechsten Lebenswoche bis zum nächsten Morgen durch, und dieser Rhythmus erfährt nur in wenigen Erkältungs- und Zahnphasen eine Ausnahme.

Auch bleibt es dabei, daß es *sein* Bett ist, in dem er schläft, und hier dulden wir keine Ausnahme, auch wenn wir dafür hin und wieder in der Nacht zwischen seinem und unserem Bett hin- und herwandern müssen. Wir befinden uns immer in Hörweite, und unsere Aufmerksamkeit verläßt ihn niemals während der Stunden des Tages und der Nacht, alle Antennen sind auf ihn gerichtet.

Doch sind wir zwei eigenständige Wesen und wollen die besonderen Prägungen unserer Paarbeziehung nicht verlieren. Dafür bekommt *er* uns in Betreuung und Erziehung im Doppelpack.

Woher kommen wir und wohin gehen wir? Wie werden wir das, was wir sind?

Es ist schon mühsam genug, das für die eigene Person herauszufinden, den Zugang zu bekommen zu dem tieferen Sinn, der hinter allem steht, und neben dieser spirituellen Komponente den eigenen psychologischen Werdegang aufzudröseln. Wie erleichternd ist es da, wenn sich die eigenen geraden und krummen Verhaltensweisen auf die auslösenden erzieherischen Verhaltensweisen der Eltern oder der anderen prägenden Menschen unseres Umfeldes zurückführen lassen! Und wie verführerisch ist es dabei, Sündenböcke zu finden für eigene ungeliebte Verhaltensweisen oder unbewältigten seelischen Kummer!

Mittendrin in der eigenen unbewältigten Geschichte war uns beiden jungen Eltern klar, wieviel Verantwortung wir hatten für unser Tun in Bezug auf unser Kind, und wir merkten sehr bald, wie schnell uns Fehler unterliefen in Form von Ungeduld, Abweisung, nicht genügendem Eingehen auf ihn, wenn Du oder ich gerade in gereizter Stimmung waren.

Und wie oft, fast jeden Abend, haben wir, wenn Christoph im Bett war, den Tag noch einmal Revue passieren lassen, Manöverkritik an uns selbst geübt, uns und unseren Kleinen um Entschuldigung gebeten und nach Möglichkeiten für die Veränderung der Ursachen gesucht. Bei aller Zerknirschtheit über eigenes »Fehlverhalten« war es jedoch immer ein großer Trost, uns an die Wärme unserer Liebe für ihn und uns selbst zu lehnen und daraus das tröstliche Wissen abzuleiten, daß uns allen mit diesem guten Grundgefühl nichts passieren konnte.

Daneben wurde mir immer bewußter, wie wichtig es für das Werden und Reifen ist, in Kontakt zu den eigenen Wurzeln zu kommen und zu bleiben. So fing ich von Anfang an an, ein Tagebuch für jedes unserer beiden Kinder zu schreiben.

Auf einer der ersten Seiten in Christophs Tagebuch steht die akribisch geführte Liste über die Menge der getrunkenen Muttermilch. Dazu mußten wir ihn vor und nach jeder Mahlzeit wiegen. Wenn ich ihn dann stolz über die abgelesene große Menge wieder in den Arm nahm, spuckte er meistens in hohem Bogen ein Gutteil der Milch wieder aus und machte uns so einen Strich durch die Rechnung. Etwas entnervt und auch amüsiert gaben wir das sorgfältige Notieren der Grammzahlen nach einem Monat auf und verließen uns auf das, was wir sahen und was den Spruch »Speikind = Gedeihkind« bestätigte: ein schlanker und muskulöser kleiner Wicht, der zügig weiter wuchs und gedieh. Ein ausgesprochen fröhliches und gleichzeitig anspruchsvolles Kind. Unser Kind.

Oft stehe ich im Beobachten seiner kleinen und intensiven Persönlichkeit wie neben mir, und mit der zunehmenden Differenzierung seiner Ausdrucksmöglichkeiten empfinde ich ihn als zunehmend gleichwertigen Partner, den nur der Altersunterschied von uns beiden unterscheidet. Er hat jedoch das gleiche Potential und die gleichen Anlagen wie wir in sich ...

Da ich nach den acht Wochen Schwangerschaftspause sofort wieder zu arbeiten beginne, jetzt mit halber Stelle, haben wir intensiv nach einer Lösung gesucht und eine ideale gefunden: Freunde haben drei Monate vor uns ebenfalls ihr erstes Kind bekommen, und wir beschließen, uns gemeinsam eine Kinderfrau zu nehmen, die abwechselnd zwei Tage in der Woche zu uns, die anderen zwei Tage zu den Freunden kommt. So wachsen Christoph und das kleine Mädchen fast wie Geschwister auf.

An einem dieser Morgen bin ich dran, Christoph vor der Schule wegzubringen. Da ich keine Nachrichten gehört habe, mache ich mich mit meinem kleinen fünfmonatigen Sohn in der grünen Ente völlig unbeschwert auf den Weg. Unterwegs stelle ich entsetzt fest, daß Straße und Bürgersteig von einer dicken Eisschicht überzogen sind. Ich schaffe es noch irgendwie, das Auto kurz vor dem nun unerreichbaren Ziel quer auf dem Bürgersteig zu parken, und begebe mich dann schlitternd und rutschend auf den Heimweg, meine Schultasche auf dem einen, Christoph auf dem anderen Arm. Daß ich ausgerechnet an diesem Tag hohe Stiefel mit Absätzen anhabe, erleichtert das Ganze nicht gerade.

Ständig Stoßgebete nach oben schickend, komme ich langsam voran. Auch mein sonst so lebhaftes Kind weiß, was sich gehört, und hält ganz still. Von den geöffneten Fenstern aus rufen mir Leute fragend zu, ob sie mir Lappen hinunterwerfen sollen, die ich mir um die Stiefel wickeln könnte, damit ich bessere Bodenhaftung habe. Aber allein die Überlegung, daß ich dazu Christoph erst absetzen muß und ihn dann schon davonrutschen sehe, läßt mich dankend ablehnen, und so erreichen wir im Schneckentempo, aber ohne Sturz das sichere Terrain unserer Wohnung, und am nächsten Tag kann ich auch mein Auto wieder abholen.

Über Weihnachten fahren wir zum Skifahren mit Freunden in die Schweiz und hüten umschichtig unsere Kinder, während jeweils die drei anderen Skilaufen gehen.

Auch hier ist ein kleines Mädchen dabei, das mit seinen anderthalb Jahren Altersvorsprung geradezu erwachsen wirkt neben unserem Sohn. Und doch wird es nicht mehr allzulange dauern, bis sich diese Diskrepanz ausgleicht, und auch diese zwei werden durch das Aufwachsen in einer Hausgemeinschaft ein geschwisterähnliches Verhältnis entwickeln.

Der Aufbruch in die Familiengründung hat einen eigenen Zauber. Wie reich beschenkt fühlen wir uns in dieser Phase unseres Lebens! Voller Tatkraft und Zuversicht gehen wir alles an, und da uns die Liebe zum Leben und zueinander trägt, gelingt uns alles, was wir anpacken. Unser kleiner Floh ist zur notwendigen Ergänzung von uns geworden, er fordert uns gleichermaßen tagsüber und läßt uns nachts in Ruhe.

Daneben haben wir uns gemeinsam einen Freundeskreis aufbauen können. Gemeinsam schöpfen und modellieren wir das Neue und leben so die Wertschätzung füreinander und unsere Selbstfindung.

In den Osterferien nehmen wir das Angebot von Deiner Mutter an, Christoph für eine Woche aufzunehmen und zu versorgen, und wir fahren für diese Zeit nach Südfrankreich. Das Ganze ist eine Generalprobe: Wenn es klappt und unser Süßer sich ohne Probleme und ohne uns in der Liebe der Großeltern zurechtfinden kann, dann werden wir im Sommer für vier Wochen zu Freunden nach Kalifornien fliegen. Wir gehen davon aus, daß das bis auf längere Sicht die einzige Gelegenheit sein wird, uns so lange von unserem Kind zu trennen, da wir diese Reise auf keinen Fall mit ihm machen wollen.

Und es klappt. Ich bin zwar sehr unruhig in diesen Ferientagen und weiß gar nicht, wohin mit meinen besorgten Muttergefühlen, aber empfangen werden wir zu Hause von einem zwar leicht fremdelnden, aber strahlenden kleinen Kerl, der bei unserem Anblick zunächst einmal auf den Arm des Opas flüchtet. Es dauert eine kleine Weile, bis Christoph sein vorsichtiges und abwartendes Verhalten uns gegenüber ablegt, aber am nächsten Morgen ist alles wie immer, und wir haben das Gefühl, daß wir fliegen können.

So fliegen wir einen Tag nach seinem ersten Geburtstag nach Los Angeles. Christoph wird die ersten zwei Wochen bei den Freunden verbringen, mit denen wir uns die Kinderfrau teilen und deren Wohnung und Menschen er gut kennt. Die zweite Hälfte nimmt seine Patentante ihn bei sich auf. Sie ist eine Freundin und Kollegin von mir, deren übergroßes Herz ihm all die Wärme geben wird, die er braucht.

Unsere Reise beginnt an der Bushaltestelle schräg gegenüber unserer Wohnung, und wie wir da so mit unseren kleinen Reisetaschen stehen und auf den Bus warten, der uns zum Bahnhof bringen soll, ist es kaum vorstellbar, daß wir auf dem Weg nach Kalifornien sind!

Es werden die vier beeindruckendsten und forderndsten Ferienwochen, die wir bis dahin erlebt haben:

Zum einen ist und bleibt da das Problem, daß es unseren Kleinen ohne uns nicht gut geht. Und das ist zunächst auch so, denn in den regelmäßigen Telefonaten erfahren wir, daß er stark zahnt, und die damit verbundenen Schmerzen mischen sich ganz offensichtlich mit der Sehnsucht nach uns. Er sitzt dann allein und traurig in irgendeiner Ecke und nuckelt an seiner Hand – von Anfang an sein Ersatz für einen Schnuller, den er empört verschmäht hat. Auch weint er viel.

Wir beschließen, die Reise nach zwei Wochen abzubrechen, als Entwarnung kommt: Der Zahn ist durch und Christoph wieder fröhlich und teilnehmend an allem. Die Nuckelwunde an seiner Hand – ein Gradmesser für seine seelische Befindlichkeit – verheilt langsam.

Wir atmen auf und können erst jetzt dieses faszinierende Land mit seiner eigenen Ausprägung von Freiheit und Individualität genießen. Die allerdings wird uns gleich nach unserer Ankunft in Los Angeles vor Augen geführt:

Unsere Freunde holen uns vom Flughafen ab, und nachdem wir alle zu Abend gegessen haben, machen wir uns auf die Suche nach einer Übernachtungsmöglichkeit. Nach dem fünften Hotel mit »No Vacancy«-Schild geben wir auf und finden statt dessen einen ruhigen Parkplatz außerhalb von bebautem Gebiet. Unsere beiden Freunde legen sich auf die ausgebaute Rückbank direkt neben das Auto, während wir zwei uns im Wageninneren arrangieren.

Es ist eine warme kalifornische Sommernacht, wir alle sind satt und übermüde, und kalifornische Grillen zirpen uns in den Schlaf.

Als wir in den frühen Morgenstunden aufwachen, reiben wir uns erstaunt die Augen: Der Platz um uns und unser Auto ist belegt von weiteren Autos und Menschen, die sich wie wir neben ihre Autos auf Matten und in Decken eingehüllt zum Schlafen niedergelegt haben. Ein fast familiärer Frieden liegt über der Szene in den ersten Strahlen der Morgensonne, die sich durch den Frühnebel kämpft. Hier und da rührt sich jemand, setzt sich auf, gähnt und schaut verknittert in die Welt. Wir packen leise ein und verlassen ganz sachte diesen Platz, um keinen weiteren zu wecken.

Was für ein schöner Einstieg in unsere Ferien!

Auf dem weiteren Weg an der Westküste hoch Richtung San Francisco machen wir in Monterey halt.

Wir gehen beide Hand in Hand durch das Städtchen, als wir hinter uns einen Mann zu seiner Partnerin sagen hören, daß sie doch schon immer einen Indianer sehen wollte. Und indem er mit dem Finger auf Dich zeigt, fügt er hinzu : »Look there, he's a real indian!« Wir drehen uns ungläubig um und brechen dann in lautes Lachen aus – Du, ein Mitteleuropäer ...

Aber der Mann hat recht. Dein indianisches Aussehen ist überzeugender als das der verschiedenen Indianer, die wir noch zusammen mit ihrem selbstgebastelten Schmuck als Touristenattraktion sehen werden.

Oh ja, Du bist mein Lieblingsindianer, der Wanderer in meiner Seele ...

In Berkeley verbringen wir die erste Zeit bei unseren Freunden. Dann verlassen wir sie in einem gemieteten Kombi und beginnen den zweiten Teil unserer Reise, der uns zwei Wochen pure und gewaltige Natur bescheren wird: endlose Ebenen, hin und wieder ein vereinzelter Briefkasten, der auf ein Haus in der Nähe schließen läßt, dann Wälder mit Tannen und Fichten und kristallklaren Seen.

Einige Tage verbringen wir auf einer Klippe am Pazifik. Auch hier leistet uns die ausgebaute Rückbank wertvolle Dienste. Wir genießen von hoch oben aus den Sonnenuntergang. Abends gehen wir essen, geschlafen wird in der freien Natur im Auto. Am nächsten Morgen suchen wir immer einen Fluß oder See zum Zähneputzen, Waschen und Schwimmen, und dann steht ein opulentes amerikanisches Frühstück an, bevor wir uns auf den Weg machen, weiter durch diesen wunderschönen Teil der Erde.

Irgendwann erreichen wir auch den Lake Tahoe, und dort suchen wir abends in der Dunkelheit vergeblich die Filmranch aus »Bonanza«. Als wir am nächsten Morgen in unserem Auto auf dem Parkplatz aufwachen, prangt über uns das großgeschwungene Schild »Ponderosa-Ranch« – Aha ...

Weiter geht es nach Süden, Kilometer um Kilometer, und unser vorletztes Ziel ist der Grand Canyon.

Unglaublich und atemberaubend: in der Abendsonne liegt vor uns ein rotschimmerndes Bergmassiv in all seinen Abstufungen und Schluchten, und das alles erhebt sich nicht über uns, sondern unter uns: Wir schauen von oben hinein in diese wundersame Welt, die sich vor unseren Füßen auftut.

Am nächsten Morgen versuchen wir vergeblich, an einem Muli-Trail teilzunehmen – die sind seit Monaten ausgebucht.

So bewaffnen wir uns mit ein paar Zitronen, einer Gallone Wasser, Keksen, Sonnenschutz und festen Schuhen und machen uns auf den Weg.

Es beginnt eine Wanderung, die Symbolcharakter hat für unsere Beziehung der kommenden Jahre: Sie besteht in dem gemeinsamen Überwinden von Höhen und Tiefen, mal nebeneinander Weg und Schrittempo teilend, mal Zugpferd der eine, mal vorpreschend der andere.

Ein Muli-Trail kommt uns entgegen, die Maulesel samt den auf ihnen hängenden Touristen haben die Nacht in einem Camp am Colorado verbracht und die frühen Morgenstunden für den beginnenden Aufstieg genutzt. Wir machen unsere Witzchen über ihren Anblick ...

Es ist erst zehn Uhr morgens, die Sonne wirft ihre gefächerten Strahlen in schrägen Bahnen auf das gewaltige Massiv.

Unser Anfang ist ein allmählicher Abstieg. Wir nehmen Biegung um Biegung auf den schmalen Wegen, die sich an steil abfallenden Schluchten aus Buntsandstein entlang schlängeln. Getrieben von Deinem Vorhaben »Ich will wenigstens den Colorado River sehen, Du kannst ja hier auf mich warten ...« gehe ich Runde um Runde mit, immer tiefer in die Schluchten hinein. Nach zweieinhalb Stunden befinden wir, daß wir nun auch den Rest bis zum Fluß gehen können.

Wie leichtgläubig wir doch manchmal waren! Aber darin lag wohl auch unser besonderer Schutz.

Mittlerweile ist es Mittagszeit, die Sonne steht im Zenit, und eine trockene Hitze von 45 Grad im Schatten (den es fast nirgends gibt) erfüllt die Luft.

Wir kommen an dem hier reißenden Colorado an, sehen Flöße mit lärmenden Touristen vorüberziehen und versuchen, in dem spärlichen Schatten einiger weniger leicht belaubter Bäume auszuruhen.

Mein Herz rast und ich bekomme beruhigende Worte von Dir :»Wenn wir gleich aufsteigen, denkst Du einfach an Badewannen voller Eiswasser, an Kübel voll mit kaltem Orangensaft ...«

Nach einer Stunde Pause beginnen wir wieder den Aufstieg, da der Talkessel selbst keinerlei Erholung bietet, denn dort steht die Hitze.

Langsam, bemüht um einen stetigen Gleichschritt, gehen wir Schleife um Schleife. Die Sonne brennt unerbittlich auf uns nieder. Einmal kommen uns noch Touristen entgegen, dann sind wir ganz allein. Über uns kreist einmal ein Hubschrauber. Deine ermunternden Worte verstummen langsam ganz, Du kämpfst sichtlich mit Deinen Kräften.

Irgendwann bekomme ich einen hysterischen Anfall, fange an zu weinen und überhäufe Dich mit Verwünschungen.

Da nimmst Du die Gallone Wasser und schüttest mir von dem kostbaren Naß etwas über den Kopf – vorher haben wir jeden Schluck abgezählt, nachdem klar war, daß wir zu wenig mitgenommen haben.

Ich bin wirklich abgekühlt, und wir setzen ohne weitere Worte den Weg fort.

Wieviel Berge sich da doch auftürmen – kaum hat man den Gipfel des einen erreicht, ragt der nächste über uns hoch. Mit stoischer Ergebenheit und am Rande meiner Leistungskraft geht es weiter. Die vereinzelt auftauchenden Hinweisschilder am Rande, die vor Giftschlangen warnen, lassen mich völlig kalt, Sorgen um Christoph kann ich mir auch nicht mehr machen, ich möchte mich nur noch hinlegen und ausruhen.

Wir gehen weiter, jeder in seinem eigenen Rhythmus, den Blick auf den Boden geheftet, einige Meter Abstand zwischen uns. Von Zeit zu Zeit überholt einer den anderen, der gerade eine Pause auf einem Stein einlegt, geht wort- und blicklos an ihm vorbei. Das Wasser ist längst ausgetrunken.

Zu diesem Zeitpunkt habe ich mein Tief überwunden, ich bin in Berührung gekommen mit dieser unendlichen Kraft in mir, und es erfüllt mich eine fast heitere Gelassenheit und die absolute Gewißheit, daß ich diesen Aufstieg schaffen werde, und wenn er noch Stunden dauern sollte.

Dann hören wir plötzlich Stimmen, einige Touristen kommen uns in dem weichen Licht der Abendsonne entgegen, mit lockerem Schritt, nur mal so, um schnell noch einen Blick zu werfen in dieses grandiose Naturwunder, bevor die Dunkelheit anbricht ...

Es kommt mir vor, als wären es Lichtjahre her, daß wir in ebendieser unbedarften Neugierde am Morgen aufgebrochen sind. Durch das Überschreiten meiner Grenzen bin ich wieder in Kontakt mit meiner Zähigkeit und Ausdauer gekommen.

Ich bin um eine wichtige Erfahrung reicher.

Nach drei Stunden Abstieg und sechs Stunden Aufstieg, der zweimaligen Überwindung eines Höhenunterschiedes von 2000 Metern, und das alles bei 45 Grad Hitze, bewältigen wir die nun vor uns liegenden letzten Meter beinahe mühelos.

Es ist wie im Leben: Nach der Euphorie des Aufstiegs folgt die Qual der Ebene: So schleppen wir uns, auf dem Zeltplatz angekommen, zuerst unter die kalte Dusche und dann in ein Lokal, wo wir gläserweise eisgekühlte Limonade zu uns nehmen. Im Sitzen habe ich Anfälle von Schwindel und Hitze- und Kälteschüben. Mein Kreislauf spielt verrückt.

Wir fallen in unserem Kombi sofort in erschöpften Tiefschlaf.

In den nächsten vier Tagen kann ich kaum gehen vor Muskelkater, jede Bewegung ist von anhaltendem Stöhnen begleitet.

Unsere Freundin in Berkeley, mit der wir telefonieren, ist völlig sprachlos über unseren Leichtsinn und das Überstehen dieses Abenteuers, sie hält unsere Erzählung für einen makabren Scherz.

Die letzten vier Tage verbringen wir in reiner Erholung am Pazifik in San Diego, dann geht es heim zu unserem Kind.

Christoph empfängt uns mit seiner alten Fröhlichkeit, er hat ganz offensichtlich einen Entwicklungsschub getan. Nach kurzer Zeit ist die alte Vertrautheit zwischen uns Dreien wieder da.

Unser Leben geht weiter.

In die immer wieder auftauchenden Machtkämpfe zwischen uns mischen sich nun auch Gefühle von Eifersucht und dem Angst vor Mangel an Zuwendung.

Sätze wie »Ich bin Dir nicht mehr wichtig!« oder »Es gibt nicht nur unseren Sohn, sondern ich bin auch noch da!« fallen öfter und sind die ehrlichste Variante in einem unguten Spiel, das sich hinter immer neuen Maskeraden und Ersatzthemen versteckt und für vulkanische Ausbrüche sorgt. Wir schreien uns an, sind laut und hilflos. Meistens enden diese Auseinandersetzungen in heftigen Versöhnungen.

Gleichzeitig verlieren wir den anderen nie aus dem Blick und aus dem Gefühl.

Anziehung und Abstoßung ...

In unserem Freundeskreis stehen wir mit dieser Sorte Gefühl ziemlich alleine da – eifersüchtig auf das eigene Kind, das wir beide lieben, und dazu noch uns selbst – wo ist da unser Problem? Wir verstehen uns selbst nicht ganz, kommen uns auch ziemlich albern vor, und es paßt so gar nicht in unser Bild vom Erwachsensein.

Die Liebe zwischen uns ist unverändert groß, aber nun erfährt sie Prüfungen und Kratzer in den Abschleifprozessen des Alltags. Und da wir uns diese Gefühle nicht immer eingestehen wollen, aus Scham und aus irrealer Angst vor Zurückweisung, stehen wir nicht immer zu ihnen, sondern wir verleugnen sie und beharren darauf, daß der andere gerade mal wieder einen unverzeihlichen Fehler begangen hat.

Wir fangen an, unsere Strichliste zu führen.

Hätten wir uns wohl heute, mit den erworbenen Erfahrungen der ganzen Jahre, anders verhalten? Hoffentlich nicht, denn so kommen wir beide an diesen weggedrückten Gefühlsbereich von Wut, Trauer und Verlustschmerz wieder heran, und ich bin dabei, mich direkter zu leben.

Ich fühle mich in diesen Momenten, und was ich fühle, tut weh. Aber ich bin lebendig.

Und Du, Du nutzt diese Verlustangst, um mich über den Schmerz zu erreichen, und ich kontere mit kalten, harten, schneidenden Worten. Meine Geschichte holt mich ein ...

Ich bin Stier mit dem Aszendenten Krebs, Du bist Zwilling mit Aszendent Löwe, Christoph ist Löwe ...

Auf in den Kampf, die Arena ist offen für uns drei.

Die Liebe hat uns in die Dreschmaschine genommen, um nun die Spreu von dem Weizen zu trennen, und das soll lange, lange Zeit dauern, denn wir halten fest an unseren Schutzpanzern, und so hält die Kraft das Aufbrechen bereit wie auch das Behalten der Schalen.

Und eines Tages werden wir müde feststellen, daß die Liebe allein in Hingezogenheit nicht reicht, um einen Weg gemeinsam weiterzugehen. Es muß eine größere Liebe sein.

Und warum tut der Weg dahin so weh?

Wie um alte und neu entstandene Wunden abzumildern, bin ich gleichzeitig ängstlich bemüht, es Dir recht zu machen, denn ich will Dich nicht verlieren. Meine eigenen Ausbrüche kann ich nicht verhindern als Reaktion und in Abgrenzung zu Dir, und doch kann ich diese Phasen der Disharmonie kaum ertragen.

Anziehung und Abstoßung ...

Wir sind noch weit entfernt von einer gesunden Abgrenzung, die den zweiten Pol überflüssig machen würde. Und vielleicht muß es auch einfach so sein, denn so groß war unsere Symbiose der Anfangszeit.

Nun will der Raum dazwischen geschaffen werden.

Im Frühjahr des darauffolgenden Jahres erfahren wir, daß ein Freundespaar schwanger ist mit einem zweiten Kind.

Ich habe ganz drängend und plötzlich das Gefühl, ebenfalls wieder schwanger sein zu wollen und zu sollen, und nach Absprache mit Dir und Deinem völligen Einverständnis lasse ich mir die Spirale ziehen. Vier Wochen später habe ich einen Termin bei meinem Frauenarzt, um mir die Bestätigung für die neue Schwangerschaft zu holen, deren ich mir ganz sicher bin. Der Test ist jedoch negativ.

Danach hole ich Christoph bei meiner Schwiegermutter ab. Es soll das letzte Mal sein, daß ich sie sehe.

Zwei Tage später ist Wochenende, und ich mache sonntags einen erneuten Test zu Hause. Das Ergebnis ist positiv – wie ich erwartet habe. Wir überlegen, es baldmöglichst beiden Familien zu sagen.

Montags fahre ich mit meiner grünen Ente und Christoph im Kindersitzchen nach Hause, als Du mir mit Deinem Auto entgegenkommst. Dein Gesicht ist verstört und Du rufst mir durch das runtergekurbelte Fenster zu: »Mutter ist gestorben!«
Ich wende und fahre hinter Dir her zu Deinem Elternhaus.

Dort versammeln wir uns – die zwei Söhne Deiner Mutter mit ihren beiden schwangeren Frauen. Von der Schwangerschaft meiner Schwägerin erfahre ich erst in diesem Moment, und wir finden es beide ganz traurig, daß unsere gemeinsame Schwiegermutter das nicht noch erfahren und erleben durfte.
Dein Vater ist still und gefaßt.
Wir alle sind hilflos und verstört im Zuhören dessen, was geschehen ist und, ohne unser Wissen oder unser Hinzugezogenwerden, fast zwangsläufig zu dem schnellen und unvorhergesehenen Ende Deiner Mutter geführt hat.

Bist Du nicht ebenso schnell – und bis zur letzten Sekunde unerwartet – gegangen, mein Liebster?

Plötzlich auftretende Schmerzen in der Bauchgegend hatten bei ihr am Wochenende zum Einnehmen von starken Schmerzmitteln geführt, und als in der Nacht zum Montag der Schmerz mit verstärkter Wucht wieder ausbrach, wurde sie in den frühen Morgenstunden des Montags von dem Krankenwagen abgeholt und ins Krankenhaus gebracht.. Doch da war es schon zu spät. Deine Mutter starb kurz danach im Krankenhaus, und mangels einer Autopsie blieb das Tor offen für Spekulationen.

Warum nur suchen wir immer wieder nach Erklärungen?

Es ist so, als hätten sie die Kraft, den Schmerz für das Unwiderrufliche abzupuffern. Sie ermöglichen Aufschub und Ablenkung.

Aber sie war gegangen, und ich hätte es nicht für möglich gehalten, daß es mir so weh tun würde, daß sie mir so fehlen würde. Ich hatte sie doch nur drei Jahre gekannt!

Gleichzeitig hatte ich das Gefühl, daß sie selbst erlöst war, und wenn ich mich zu ihr hindachte und hinfühlte, spürte ich eine große Befreiung und große Leichtigkeit. Es war vollbracht, und was auch immer sie in diesem Leben zu erledigen hatte, sie hatte es geschafft.

Und wer weiß, wie schnell sie mir hier unten wieder begegnen würde!

Wir zwei Paare begannen nun, dem zurückgelassenen Vater mit unserer Tatkraft bei der Neuordnung seines Lebens zu helfen.

Schwierige Entscheidungsgespräche überließen wir Frauen den beiden Söhnen, die in punkto Konfliktlösung und Entscheidungsfindung unterschiedlich talentiert waren und sich damit großartig ergänzten, wenn es um das Aufbrechen der stoischen Ruhe meines Schwiegervaters ging.

Wir zwei Schwiegertöchter traten dann in Aktion, wenn Versorgungs- und Fürsorgeverhalten gefragt waren. Es pendelte sich im Laufe der Zeit ein für alle lebbares Gleichgewicht ein.

Da wir zwei nicht die direkte Versorgungspflicht hatten aufgrund räumlicher Entfernung der Häuser – meine Schwägerin kümmerte sich von nun an ausdauernd und liebevoll um diesen Teil –, übernahmen wir es, den Großvater einmal im Jahr mit in die Ferien zu nehmen.

Sein Vorschlag, zu ihm in sein großes Haus in bevorzugter Wohnlage zu ziehen, erntete mein ganzes Entsetzen und ein entschiedenes Nein.

Ich war der Meinung, diesbezüglich meine Pflicht bei meiner Tante abgeleistet zu haben, ein für alle Mal.

Außerdem hatten wir gerade unser neues und endgültiges Nest gefunden, zusammen mit Freunden, und wir waren beide nicht bereit, in überlebte Familienstrukturen zurückzukehren.

Kurz nach Schuljahresbeginn begann dann für mich die Schwangerschaftspause.

Ich hatte gerade meine erste »eigene« Klasse nach dem Durchlauf von fünf Jahren entlassen und bereitete mich jetzt auf die zweite Entbindung vor.

Diesmal wollte ich ein halbes Jahr Pause einlegen, um mich einzugewöhnen in die neue »Viererrunde«. Sicher war, daß da ein kleiner Skorpion auf seine Freilassung wartete.

Am Morgen des errechneten Termins trank ich eine größere Menge Rizinusöl, um dem Schicksal ein bißchen nachzuhelfen.

Das brachte mir fünf Wehen und zwei Stunden Krankenhaus ein.

Zwei Tage später ging es dann regulär los. Natürlich abends bei beginnender Nacht und natürlich ohne den anvisierten Arzt. Da aber die Herztöne mit jeder Wehe dramatisch schwächer wurden, wurde Kaiserschnitt beschlossen, und mein Arzt mußte doch kommen.

Um 2.56 Uhr war Katrin da – proper, süß, mit schwarzen Haaren und wie jede Kaiserschnittgeburt völlig unverbogen. Sie hatte die Nabelschnur zweimal um den Hals gewickelt gehabt und schrie jetzt laut und kräftig.

Unser Kleeblatt war vollständig.

Von Anfang an war »meine« kleine Motte der beruhigende Ausgleich in meinem Leben, ein Ruhepol zu der ständigen Betriebsamkeit und Lebhaftigkeit, die Dir und mir und Christoph so zu eigen war.

Katrin war und wurde zum Gegenpol von uns dreien.
Auch hier fühlte ich auf altvertraute Weise eine unglaubliche Nähe, und oft genug in späteren Jahren mußte ich an meinen Vater denken, wenn ich mit ihr zusammen war ...

In ihrem kleinen verglasten Bettchen teilte sie mit mir die Tage der einen Krankenhauswoche. Ich genoß die Ruhe mit ihr und hatte mir wieder einmal jeden Krankenhausbesuch verbeten. Ich war selig, wenn Du mit Christoph kamst und wir dann eine vollständige Familie waren.

Und Kräftetanken war auch nötig, denn fünf Wochen nach der Entbindung stand unser großer Umzug an.

Wir hatten zusammen mit Freunden und ihren zwei kleinen Töchtern ein Haus gekauft. Du hattest bereits angefangen zu streichen und zu renovieren, alles weitere aber wollten wir nach dem Umzug machen, möglichst viel in Eigenarbeit und alles nach und nach.

Wir bezogen die beiden oberen Etagen unseres Altbaus und beschlossen das Jahr 1979 mit einem Aufatmen und neugieriger Spannung auf all das Neue in unserem Leben, das jede Menge Lernfelder bot: Wir waren eine vierköpfige Familie geworden, hatten ein Haus gekauft und bildeten von nun an mit den Freunden zusammen eine Hausgemeinschaft von vier Erwachsenen und vier Kindern. All das auf der Basis von Freundschaft und mit dem besten Willen, alles gemeinschaftlich und demokratisch zu regeln, beginnend bei Fragen der Hausinstandsetzung und -erhaltung bis hin zu Fragen der Kindererziehung.

Es funktionierte.

Während in unserem Umfeld verschiedene solcher Experimente – die Verbindung von Freundschaften zu haustragenden Gemeinschaften – entstanden und nach einiger Zeit in völliger

Feindschaft wieder zerbrachen, schafften wir es, durch viele Kampfphasen und Eiszeiten hindurchzukommen und eine Freundschaft zu leben, die zunehmend von tiefer Zuneigung und Respekt vor der Andersartigkeit des anderen getragen wurde.

Dabei hatten wir Mütter und Freundinnen alle Chancen und Möglichkeiten dieser Welt, Rivalität bezüglich uns selbst und unseren Leistungen sowie Aussehen, soziale Anerkennung, auch der unserer Kinder, zu erfahren, auszuagieren und zu besprechen.

Wieder einmal war es so: das tägliche Leben als eine gigantische Selbsterfahrungsübung, die uns täglich umgebenden nahen Menschen als ständige Selbsterfahrungsgruppe. Indem wir uns dieser Situation stellten, war es so geworden.

Und das große Repertoire dieses Bereiches wurde durchgespielt: Selbstbehauptungsstrategien, offene und versteckte Machtkämpfe, sich einspielende Rollenmuster und Aus-der-Rolle-fallen, ausgeklügelte »Verpisserstrategien«, nicht eingestandene Eifersucht, Harmoniebedürftigkeit und Angriffslust ...

Wir können nun mal nicht verhindern, daß wir als fehlerbehaftete Menschen uns immer wieder gegenseitig verletzen. Das ist so.

Aber entscheidend ist dann, wie wir mit unseren Verletzungen umgehen – denen, die wir selbst erfahren, und denen, die wir ausgeteilt haben. Daran mißt sich unsere Reifung, und daran mißt sich unsere Bindungsfähigkeit.

In diesem Sinne war und ist es uns im Rahmen dieses Zusammenlebens gelungen, zu reifen und eine lebenslange Freundschaft aufzubauen. Wir lernten, nicht aufzugeben und in Beleidigtheitspositionen zu flüchten, sondern den nächsten Schritt zu tun. Und dann ging es wieder weiter, die nächste

Stufe, dann wieder ein Plateau zum Ausruhen und Genießen des Erreichten.

Viele wertvolle Impulse zur Lebensgestaltung konnten wir uns gegenseitig geben und schlitterten dann auch gleichzeitig in die ungeliebten Vergleichssituationen.

Seelenarbeit, und davon jede Menge.

Hinzu kam, daß jede Familie für sich genommen ausreichend beschäftigt war mit der vollen Berufstätigkeit beider Partner und dem Aufziehen der Kinder. Abends vor dem Kamin, bei unseren häufigen Treffen, wenn dann noch irgendeines der Kinder um uns herumkrabbelte, stellten wir seufzend und in völliger Übereinstimmung fest, daß Kindergroßziehen der größte Selbstdisziplinierungsfaktor und Punkt der Zurückstellung von Eigeninteressen und Bedürfnissen im Leben eines Erwachsenen sei.

Unsere Kinder profitierten von der gesamten Regelung.

Bei aller Verschiedenartigkeit kamen auch sie nicht darum herum, sich zu messen und auseinanderzusetzen. Da wir sie gemeinsam in den Kindergarten und später in die gleiche Grundschule brachten und wir Erwachsenen häufig die Unternehmungen der Freizeit teilten, wuchsen sie in geschwisterähnlicher Beziehung auf. Die zwei Großen verstanden sich immer prächtig und domestizierten die zwei Kleinen, die das mit strahlenden Augen genossen, untereinander jedoch aufgrund des gleichen Alters häufiger mit Rivalität zu kämpfen hatten.

Da die Kleinen nicht immer Lust auf die Erziehungsversuche des älteren Geschwisters hatten, suchten sie sich häufig ihre Streicheleinheiten bei den Spielgefährten der anderen Etage – da fiel die Behandlung gewöhnlich liebevoller aus. Ein ständiger Austausch und ein rotierendes Auspendeln der Machtverhältnisse waren gewährleistet.

Heute wissen alle vier, was sie aneinander haben, und bei den unterschiedlichen Lebenswegen, die sie alle eingeschlagen haben, ist die Freude groß, wenn sie sich über den Weg laufen oder verabreden.

Seelenarbeit ist harte Knochenarbeit, und ganz offensichtlich hatten wir uns das so ausgesucht. Man braucht viel Geduld und einen langen Atem, um das Einfahren der Ernte abwarten zu können.

Auf der rein pragmatischen Ebene kamen wir jedoch vom ersten Moment an in den Genuß der Vorteil: Nach vorausgegangener Absprache konnten wir aushäusige Verabredungen treffen, das jeweils andere Paar blieb dann zu Hause und hatte über den Apparat »Muttis Ohr über Babys Bettchen« Zugang und Kontrolle über den ruhigen Schlaf der Kinder der anderen Etage.

In späteren Jahren teilten wir uns die Fahrten zum Kindergarten. Anfallende Arbeiten zu Haus und Garten wurden gemeinsam bewerkstelligt, was wir häufig genug mit gemeinsamem Bekochen und genußreichem Essen krönten, denn Genießer waren wir alle vier.

Wir Frauen hatten die gleiche Einstellung zum Beruf – er war uns unverzichtbar für unsere Selbstverwirklichung und die Unabhängigkeit in der Eigenverantwortung.

Zur Lösung der so entstehenden Lücke in der morgendlichen Versorgung unserer kleinen Mädchen wählte ich den gleichen Weg wie meine Freundin: Aufgrund meiner studierten Fächer hatte ich den Status eines Meisters der Hauswirtschaft und konnte folglich in unserem Privathaushalt Lehrlinge ausbilden. Das tat ich: Zwei junge Mädchen durchliefen nacheinander bei uns ihre zweieinhalbjährige Ausbildung.

Das war streckenweise sehr aufreibend. Vor allem nach anstrengenden Schulmorgenden hatte ich wenig Lust, zu Hause gleich weiter zu unterrichten – Haushaltstätigkeiten und Referate zu besprechen, Kochunterricht und Nähanleitungen zu geben, Wochen- und Tagesprogramme zu erstellen. Und parallel dazu forderten unsere Kinder ihr Recht.

Es war anstrengend, aber eine finanziell machbare Lösung, die mir ein weiteres Arbeiten in meinem Beruf ermöglichte.

Und mein Beruf ...

Wie oft kam ich damals und auch in späteren Jahren nach dem Unterricht nach Hause und schaffte es gerade noch zur Haustür herein, um dann in Tränen auszubrechen ...»Ich will nicht mehr! Ich will nicht mehr jeden Tag diese Tritte gegen meine Würde erleben müssen! Ich will dieses demütigende Schülerverhalten nicht mehr ständig ertragen müssen!« ...

Dabei waren es beileibe nicht persönliche Angriffe, unter denen ich zu leiden hatte, sondern das gesamte Feld des despektierlichen und würdenehmenden Umgangs der Schüler untereinander, auch ihre Mißachtung und Unfähigkeit, den Rahmen des Unterrichts und seine Gewährleistung zu achten.

Ich war durchaus fähig und beliebt, aber meine Dünnhäutigkeit machte mir schwer zu schaffen. Wie war es nur möglich, die sensiblen Antennen zu erhalten, ohne deswegen gleich der atmosphärische Staubsauger für die anderen zu sein?

Ganz offensichtlich war meine Nähe auch von meinen Schülern erwünscht, sie stritten sich gerne in meiner Gegenwart, um dann strahlend den Raum zu verlassen, während ich innerlich in die Knie ging. Darüber hinaus suchten sie ständig das Gespräch und den Rat.

Schutz und Reinigung. Mein altes Thema .

Als ich in späteren Jahren wieder einmal in solch einer Verfassung zu Hause durchhing, schimpfte ich weinend und schniefend vor mich hin und richtete meine Anklage an das Leben und an Dich – wohlwissend, daß ich selbst die Entscheidung gefällt hatte, ohne größere Pause im Berufsleben zu bleiben: »Ich will das alles nicht mehr! Ich will mir das nicht mehr gefallen lassen! Andere Frauen und Mütter bleiben auch mal für längere Zeit zu Hause, da gibt es schließlich genug zu tun ...«

Nichts auf der Welt erschien mir in diesem Augenblick erstrebenswerter, als nur noch im Nest der häuslichen Wohnung zu bleiben und in ihr vermeintlichen Schutz vor den Anfeindungen der Welt zu finden.

Tief in mir hörte ich aber eine Stimme, die mir ganz ruhig sagte, daß jetzt zu gehen der ungünstigste aller Zeitpunkte wäre und ich es mir nicht verzeihen würde, in einer problematischen Situation gekniffen zu haben. Wenn, dann ein Abschied aus der freien Position der Stärke heraus.

Und dann kam Deine Reaktion, und beides zusammen bewirkte meinen Verbleib im Beruf, bis auf weiteres: »Du kannst nicht einfach so aufhören, ich kann das auch nicht. Du bist genauso verantwortlich für die Versorgung und den Unterhalt von uns vieren wie ich.«

Am nächsten Morgen ging ich mit einem anderen Selbstbewußtsein in die Schule.

Das Leben – ein ständiges Auf und Ab ...

Nach der Euphorie des Anfangs steckten wir jetzt inmitten der Belastungsproben. Die größte für uns beide war: Unser Leben war öffentlich geworden. Und auch hier spiegelte wieder die Veränderung des äußeren Rahmens und Raumes die Veränderung unserer inneren Befindlichkeit wider: Der Beginn unserer intensiven Zweisamkeit im Nest einer kleinen Dachwohnung bis hin zu unserer Hausgemeinschaft mit offenen Türen und gemeinsamem Garten ...

Haben wir uns verändert in dieser so rasanten Entwicklung in der Kürze der Zeit ?

Wenn Du nach Hause kommst , ist Deine erste Frage beim Haustüröffnen noch immer: »Wo ist meine Frau?«, und es öffnet mir das Herz und berührt meine Nähe zu Dir und mein Gebrauchtwerden.

Zunehmend aber trifft es mich in Momenten, wo ich zum ersten Mal am Tage einen ruhigen Augenblick für mich gefunden habe, vielleicht auch gerade am Schreibtisch bei der Unterrichtsvorbereitung oder der Korrektur eines Aufsatzes sitze.

Ich begann, mich gegen die ständige Verfügbarkeit und Inanspruchnahme zu wehren.

Laute Auseinandersetzungen machten sich immer breiter in unserer Beziehung, knallende Türen, Drohungen von Trennung, Weinen meinerseits.

Der Weg zu meinen Wurzeln

Eine Straße, breit und erdig, voll von getrocknetem Lehm. Holzhäuser rechts und links, viele davon mit einer Veranda. Kein Mensch weit und breit – ein Szenenbild wie aus dem Westernklassiker »Zwölf Uhr mittags«.
Eine Frau erscheint im Straßenbild, atemlos und mit gehetztem Blick. Sie läuft die Straße hinunter, auf die Kamera zu – das bin ich! Hinter ihr Verfolger, nicht sichtbar, aber fühlbar. Verzweifelt rüttelt sie an einer Tür, die Bewohner verstecken sich hinter den Gardinen und schütteln die Köpfe – nein, kein Einlaß, keine Hilfe. Sie läuft weiter, gehetzt wie ein Tier, versucht es wieder, wird wieder abgewiesen. *Stop.*

Schweißgebadet wache ich auf.

Was ist passiert?

Meine Seele hat sich gemeldet. Im Verbund mit meinem Unterbewußtsein hat sie die Führung übernommen. Was sie mir hochholt aus den Tiefen meiner inneren Räume entspricht auf unerklärliche Weise meinem Lebensgefühl: Ich fühle mich gehetzt, in Daueranspannung, und da mir keiner hilft, treibt es mich allein weiter, »die Straße hoch«.
Dieser Zustand bereitet Schmerzen und ist doch zugleich trostreich, denn er trägt die Lösung in sich: Ich bin zwar allein, aber ich habe alles in mir, was ich brauche. Und: Ich befinde mich bereits auf dem Wege der Heilung.

Was war geschehen?
Dem Traum vorausgegangen war ein Abend mit einer nahen Freundin.

Wir hatten es uns warm und gemütlich gemacht, die Kinder spielten in ihren Zimmern miteinander, Du warst irgendwo beschäftigt. Im Haus waren die üblichen vertrauten Geräusche der anderen Mitbewohner zu hören, die immer das Gefühl vermittelten, von geliebten Menschen umgeben und doch für sich zu sein.

Voller Stolz hatte ich meiner Freundin ein Album gezeigt, das ich als Extrakt des eben abgeschlossenen Jahres 1983 angelegt hatte.

Dieses Jahr hatte zwei neue Lebensentscheidungen in unserem Leben hervorgebracht. Beide erforderten viel Kraft und Einsatz zum Starten, beide sollten unseren weiteren Weg entscheidend prägen und verändern. Beide waren Meilensteine unserer Entwicklung.

Das eine war die Verwirklichung eines Deiner Hauptinteressen im Leben – Deiner Tierliebe.

Nachdem wir ja nun ausreichend ausgelastet waren durch unser Privat- und Berufsleben, blieb dafür nur der Raum zum kleine-Brötchen-Backen. Das waren zunächst griechische Landschildkröten.

Noch war es kein Problem, sie in Tiergeschäften zu kaufen. Du besorgtest ein Pärchen und bautest ihnen ein kleines Gatter im Garten. Im Sommer beobachteten wir fasziniert, wie sie bei zunehmenden Temperaturen etwas mehr Bewegung an den Tag legten.

Nacheinander gelang es jedoch den zweien, sich unter dem Drahtzaun ein Loch zu buddeln, und sie verschwanden spurlos. Wir schwärmten alle aus und suchten Nachbargarten, Bürgersteig und Straße ab – vergeblich. Da gaben wir diese Art der Tierhaltung auf.

Parallel dazu hattest Du ein großes Aquarium im Arbeitszimmer eingerichtet. Eines Tages platzte es, bescherte unseren Freunden in ihrem Schlafzimmer eine Etage tiefer unerwartete Niederschläge, und wir beendeten auch dieses Kapitel.

Bei alledem steuerte Dein Sehnen immer mehr auf Deine eigentliche Passion hin – die Haltung eines Pferdes. Du warst jahrelang geritten, hattest auch Extremsportarten wie Military ausprobiert, und Deine große Liebe galt feurigen Großpferden – je temperamentvoller, desto besser.

Wir hatten genau vorgeplant: Ein Freund von Dir war bereit, Dir einen Teil seines großen Geländes am Stadtrand zu verpachten. Dieses Stückchen Land war zwar wenig ideal – im Bereich des Tales zu sumpfig, da es von einem durchfließenden Bach gespeist wurde, während die eigentliche Weide auf einer Bergkuppe lag, baumbewachsen und voller Klee war, und das Verbindungsstück zwischen beiden Geländehälften aus einem steilen Hang bestand, der ausreichend gesichert werden mußte.

All das bedeutete viel Arbeit im vorhinein. Wir arrangierten zwei große Arbeitsfeste mit unseren Freunden. Es wurden Bäume gefällt, zu Kleinholz verarbeitet, die Überreste in riesigen Feuern verbrannt, Wege zwischen den Weiden angelegt, das gesamte Gelände rundum durch Holzpfähle und Elektrozaun gesichert, zwei Ställe gebaut – einen fürs Pferd, der andere für die Lagerung von Heu und Stroh.

Wir waren monatelang mit diesen intensiven Arbeiten befaßt, gingen nach der Fertigstellung immer wieder alles ab, denn für die Sicherheit war entscheidend, daß der dünne Elektrozaun nicht unterbrochen wurde, sondern auch Strom führte, um ein Entkommen des Vierbeiners unter allen Umständen zu verhindern. Schließlich lag das ganze Gelände unweit einer vielbefahrenen Straße.

Dann kam der Tag, als wir uns ein zum Verkauf anstehendes junges Pferd anschauten. Es war Liebe auf den ersten Blick: »Getsby«, eine Mischung aus Araber und Norweger, preschte in die Arena, schnaubend und im Galopp voller Übermut auskeilend – Lebensfreude und Temperament pur.

Als er dann zu uns gebracht wurde und Du ihn aus dem Anhänger rausholtest, hattest Du Deinen liebsten Zeitvertreib bekommen – und ich meinen größten Rivalen.

Von nun an solltest Du sieben Jahre lang täglich »rausfahren«– zum Füttern, Entmisten, Reiten, Zaun Kontrollieren, Gelände in Ordnung bringen.

Die zweite Entscheidung wurde auch aus ganzem Herzen von mir mitgetragen und gelebt:

Wir hatten zukunftsbezogen das dringende Gefühl, nicht bis zum Rest unseres Lebens die Berufe des Juristen und der Lehrerin ausüben zu wollen und sinnierten mit unseren Hausfreunden schon lange über die Möglichkeit einer zweiten Existenz im Süden.

Es gab vorausgegangene Überlegungen wie: Du durchquerst Amerika, und ich stehe an verschiedenen Posten, Dich tränenreich begrüßend und ebenso verabschiedend, oder: Wir beide umsegeln die Welt – diese Ideen waren an meinen Sicherheitseinwänden oder zu großer Einseitigkeit gescheitert.

Und so deckte Getsby nun die eine Seite deines inneren Abenteurers ab, die andere betraf das Leben in der Sonne und Wärme des Südens. Sie wurde zur Wirklichkeit, als wir in den Osterferien mit Kindern und Opa ins Languedoc fuhren und drei Tage dort mit einem Makler auf Besichtigungstour seiner angebotenen Objekte gingen.

Am dritten Tag betraten wir ein 150 Jahre altes Haus mit schmalem Gelände drum herum, und ich wusste: Das ist es.

Abends dann ausgiebiges Rechnen, ob wir es uns leisten können.
Unser Plan: Wenn die Kinder flügge sind und mit abgeschlossener Schulausbildung das Elternhaus verlassen, setzen wir uns ab nach Südfrankreich und eröffnen dort ein Restaurant. Bis dahin bauen wir sukzessive das Haus aus und bereiten alles vor. Wir hatten nämlich sehr schnell festgestellt, daß die Gegend da unten eine kulinarische Wüste ist, und sahen eine durchaus verlockende Chance darin, zu zweit gemeinsam noch einmal einen letzten Existenzgründungsstart durchzuziehen.

Diese zwei lebensbestimmenden Ereignisse – ein Pferd und ein Haus im Süden – hatte ich nun also ausführlich mit vielen Fotos dokumentiert und mit liebevollen Kommentaren in einem umfangreichen Album Dir zu Weihnachten geschenkt.
Eine Woche später zeigte ich ebendieses Album einer Freundin. Sie schaute es sich lange und interessiert an und meinte dann nachdenklich:
»Das ist alles wunderschön, aber – wo bleibst Du ...?«

Selten hat eine Frage so ins Schwarze getroffen.
Ich weiß noch, daß ich wie vom Donner gerührt in meiner Bewegung erstarrte, sie völlig entgeistert anschaute ... Und dann brachen alle Dämme, und Schwalle von Tränen ergossen sich.

Ich weinte, schluchzte und erzählte. Stunden vergingen darüber.
Zwischendurch ging meine Freundin eine Etage tiefer, um sich immer wieder Zigarettennachschub für uns beide »auszuleihen«.

Zweimal stecktest Du den Kopf zur Tür herein und verzogst Dich dann ganz, nachdem Du die Kinder ins Bett gebracht hattest.

Ich sprach von Gefühlen und inneren Geschehnissen, die mir bis zu diesem Moment gar nicht im Bewußtsein gewesen waren.
Es gab soviel, was ich weggedrückt hatte und dessen Wurzeln so weit zurückreichten.
Es ging nicht um falsch oder richtig, um gut oder schlecht. Es ging »nur« um alle Signale meiner Seele und die Nuancen ihrer Ausläufer, die ich im Laufe der Jahre übergangen hatte.
In der Nacht dann kam dieser Traum.
Und da wusste ich, daß es höchste Zeit wurde, ganz und gar und offiziell zu mir zu stehen, meine innersten Räume –auch die tiefsten und allerletzten – kennenzulernen und anzunehmen. Mein Selbst- und Wunschbild entsprach offensichtlich so gar nicht dem, was meine Seele mir zu sagen hatte!
Der erste Schritt war, vor mir selbst und vor anderen zuzugeben, daß es mir ganz offensichtlich schlecht ging. Ein schwerer Schritt!
Der zweite bestand in dem Ergreifen einer ersten möglichen Hilfe von außen – ich begann die Arbeit in einer Selbsterfahrungsgruppe mit mehreren Lehrern. Da ging es vordergründig um Probleme, die wir mit unseren Schülern hatten, dahinter stand jedoch immer ein jeder für sich selbst mit seinen unbewältigten Ängsten und Verteidigungsmechanismen.

All das kostete mich zunächst ungeheure Überwindung, denn ich wollte nicht auffallen, nicht klagen und jammern, auf keinen Fall vor anderen weinen, nie und unter keinen Umständen einen anderen, mir nahestehenden Menschen (Dich!) vor anderen kritisch darstellen, nicht schwach sein und keine Schwäche zeigen und auch keine Hilflosigkeit, keine Selbstkontrolle verlieren, nie die Begleitung eines geliebten Menschen abgeben, wenn er mich brauchte, auch wenn es mir selbst gerade schlecht ging ...

Ich wusste also sehr genau, was ich alles *nicht* wollte – aber was wollte ich?

Ich wollte mich finden, ein für alle Mal.

Und das sollte Jahre dauern. Ein Teil der Erfahrung auf diesem Weg war, daß Seelenarbeit viel anstrengender als körperliche Arbeit ist und sich auch immer in körperlichen Symptomen niederschlägt, und daß Seelenschmerzen um so vieles schmerzhafter sind als körperliche Schmerzen.

Auf diesem Weg halfen mir die richtigen Sätze und Fragen, von den richtigen Menschen zum richtigen Zeitpunkt gestellt.

So gab es zum Beispiel einen Freund, der eine der zahlreichen Auseinandersetzungen zwischen Dir und mir schlichten wollte, und als ich dabei wieder in das Erzählen meiner problematischen Kindheit geraten war, nur vorsichtig fragte: »Aber wie lange willst du denn Godehard noch darunter leiden lassen, daß du deine Eltern so früh verloren hast?«

Da merkte ich schlagartig, daß es nun an der Zeit war, eine Art seelische Abschlußrechnung zu machen und Selbstmitleid und Bitterkeit zu ersetzen durch einen neuen Blick auf das, was ich gewonnen hatte durch den frühen Verlust.

Die eigenen Gefühle kennenzulernen, um sie wertschätzend zu behandeln und zu vertreten, statt sie zu übergehen – das braucht eine lange Zeit, vor allem wenn es so viele innere Kellerräume des Unbewußten gibt, von deren Existenz der »Hausbesitzer« noch gar nichts weiß ...

Ein Bild dazu steigt in mir auf:

Seele und Unbewußtes sind das Wasser in einem tiefen Brunnen. Der Eimer, den ich runterlasse, um Wasser zu schöpfen und hochzuholen ans Tageslicht, ist das Wort. Und das Wort ist das Bekenntnis zu dem, was in mir ist, und die Annahme desselben. Und gleichzeitig gibt das Wort durch die Form dem Inhalt die notwendige Bewußtheit. Indem ich so meine Seelenzustände annehme und zu ihnen stehe, beginnt sich die Wahrnehmung und damit meine Wirklichkeit zu verändern – der Boden, auf dem ich stehe, wird fruchtbar. Neues beginnt zu wachsen.

Nichts können wir verändern, wenn nicht bei uns – dort ist der Anfang, das Geschehen und der Abschluß für den ewigen Kreislauf von Werden und Vergehen.

Es war also die Zeit, um mit einer bewußten ersten Entrümpelung meines Systems zu beginnen – Gedanken und Gefühle von Wut, Ohnmacht und eigener Wertlosigkeit verlangten nach Annahme und Hochholen.

Gängige und abgenutzte Redensarten wie »Hilf dir selbst, dann hilft dir Gott« ergaben für mich plötzlich einen ganz neuen Sinn. Natürlich war es so und nicht anders: Wenn ich es nicht schaffte, zu mir und meinen Bedürftigkeiten zu stehen und es mir wert zu sein, meine Interessen zu vertreten und zu leben – wer sollte es denn dann tun? Wenn ich mich nicht wertschätzte und wichtig nahm, wie sollten es dann die anderen mit mir tun?

Und umgekehrt: Wenn ich mich kleinmachte, wie sollte man mich anders erreichen als über Tritte? Unsere Haltung und unser Umgang mit uns selbst bestimmen unsere Größe und die Art und Weise, wie andere mit uns umgehen.

Die Gespräche zwischen Dir und mir, der Austausch über uns und unsere Kinder, Probleme im Beruf und mit Freunden – das alles blieb weiterhin bestehen, nur begann sich jetzt die Qualität und Richtung zu verändern.

»Ich bin nicht bereit, wegen Dir Entwicklungsschritte rückwärts zu gehen. Ich habe zu lange dafür gekämpft, und es steckt zuviel Herzblut darin« wurde zu meinem geflügelten Wort, wenn ich Dir unmißverständlich klarmachen wollte, daß Du an unverrückbare Positionen von mir gestoßen warst. Das schuf neue Probleme, denn es wurde zum Angstauslöser für Dich.

Wir blieben in der Arena und maßen uns weiterhin aneinander, aber meine Vorgehensweise veränderte sich mit der Erkenntnis, daß ich es mir schuldig war, für mich zu sorgen und mich zu schützen.

In späteren Zeiten würden unsere Kinder uns sagen, daß sich in dieser Zeit die Qualität unserer Auseinandersetzungen veränderte, die ihnen die beruhigende Gewißheit gab, daß da zwei Menschen miteinander rangen, die sich ebenbürtig waren. Und beide erfuhren etwas über den Wert von diesem Sich-stellen und Sich-selbst-treu-bleiben, ohne den anderen zu verlassen. Das sollte ihren eigenen späteren Umgang in Freundschaften und Partnerbeziehungen entscheidend prägen. Auch sie sind zu ausdauernden Kämpfern und treuen Wegbegleitern geworden.

Und wir beide, wir hatten uns verdient! Und das in jedem Sinne des Wortes.

Mit dem Wegschaufeln der (Seelen-)Müllberge und dem Entsorgen der Altlasten kamen auch meine spirituellen Antennen immer klarer zum Vorschein.

Ich war wieder »auf Empfang«.

So war ich eines Sonntags von einer unerklärlichen Unruhe um meine Tante Lis befallen, die nun schon seit einiger Zeit den größten Teil der Woche und vor allem die Wochenenden allein in ihrem großen Haus verbrachte.

Wir hatten zuvor alles darangesetzt, für sie eine Haushälterin zu finden, die dann auch bei ihr wohnen sollte. Das wäre für alle Beteiligten eine Beruhigungsgarantie für den Alltag und für besondere Vorkommnisse gewesen.

Bei alledem, was meine Tante an Bedingungen setzte, grenzte es fast an ein Wunder, daß wir eine gebildete und zupackende Dame für diese Stelle fanden. Doch als es zu einer ersten Begegnung zwischen den beiden Frauen kommen sollte, sagte meine Tante alles ab. Nie und nimmer könne sie das Haus, das sie auch nie und nimmer ohne zwingenden Grund verlassen würde, mit einer fremden Person teilen ...

Wir atmeten einige Male tief durch und beschlossen, uns nun endgültig auf den lieben Gott zu verlassen, der sie und uns und alle anderen in seiner großen Hand geborgen hält und für halsstarrige Menschen eine besondere Zeit und Geduld übrig hat ...

So spielte es sich ein, daß ich sie immer mal wieder im Laufe der Woche besuchte. Die Wochenenden blieben davon jedoch ausgespart, denn die gehörten meiner Familie, und meine Tante ihrerseits hatte den Wunsch geäußert, daß ich sie allein besuchen solle.

An jenem Sonntag nun ließ mich den ganzen Tag über eine gewisse Unruhe nicht los. Immer wieder versuchte ich, sie ans Telefon zu bekommen, aber niemand hob ab.

Deine Beruhigungsversuche – »Es wird schon nichts sein« und »Alte Menschen hören schlecht« oder »Sie hat bestimmt einfach keine Lust, ans Telefon zu gehen« halfen mir keineswegs weiter.

So fuhr ich am späten Nachmittag zu ihrem Haus. Schon vor der Haustür hörte ich abgrundtiefe Stöhnlaute aus dem Hausinneren dringen. Da die Kette innen vorgelegt war, konnte ich jedoch nicht ins Haus reinkommen.

Kein Geld zum Telefonieren in der Tasche, also nichts wie ins Auto und zurück nach Hause, um Dich zu holen und von uns aus meine Cousine und ihren Freund zu benachrichtigen.

Euch beiden Männern gelingt es gemeinsam, die Kette zu entfernen, und wir finden meine Tante vor dem Bett liegend, zitternd und völlig verwirrt.

Sie ist vor acht Stunden aus dem Bett gefallen, hat sich einen Oberschenkelhalsbruch zugezogen und durch das Liegen im dünnen Nachthemd auf dem kalten Fußboden eine starke Unterkühlung erlitten.

Im Krankenhaus geht es ihr nach der Erstuntersuchung und dem Verabreichen einer Infusion schon wieder so gut, daß sie strahlend im Bett liegt und mit leichtem Gespräch über Sinn und Unsinn des Altwerdens mühelos alle männlichen Personen in ihrer Umgebung bezaubert – Ärzte, Krankenpfleger, Dich. Wir Frauen sind fürs erste mal wieder abgemeldet. Die Helden sind die Männer, und ihr unbestreitbarer Mittelpunkt ist Tante Lis.

Wir gehen nach Hause in dem beruhigten Gefühl, daß sie gut versorgt sein wird.

In der Reihe ihrer zahlreichen Krankenhausaufenthalte soll dieser der vorletzte sein, es wird noch einen letzten geben.

Dazwischen liegt die Unterbringung in einem Altenheim.

Ihr Haus wird abgeschlossen. Sie wird es nie wieder betreten.

Wie ist das, wenn ein Mensch nach einem langen Leben beginnt, sich zu verabschieden? Ich besorge mir Bücher zu diesem Thema, sie stehen bis heute ungelesen in meinem Regal. Warum sollte ich sie lesen? Ich werde alles wissen, wenn es so weit ist.

Einige Zeit später kommt meine Tante wieder ins Krankenhaus, dieses Mal mit schmerzhaften Angina-Pectoris-Anfällen, und dieses Mal wird sie es nicht mehr lebend verlassen.
Ihr Zustand verschlechtert sich rapide.
In einer Nacht vom Dienstag auf den Mittwoch höre ich eine klare Stimme: »Sie wird von Donnerstag auf Freitag sterben, nachts um ein Uhr.«
Am nächsten Morgen bitte ich Dich: »Fahre nicht nach Südfrankreich! Tante Lis wird sterben, und ich brauche Dich dann.«
Und noch einmal nimmst Du meine Nachrichten höheren Ortes nicht ernst. Zu wichtig ist Dir Deine Verabredung mit zweien unserer Freunde in unserem Haus im Süden, zu unglaublich wirkt meine »Prophezeiung« auf Dich, und zu stark ist Dein Widerwille gegen Krankenhaus und Tod. »Du hast geträumt, und wahrscheinlich sind das nur deine Ängste.« Damit beruhigst Du Dein Gewissen und fährst dann nach Süden.
Gemeinsam mit den engsten Verwandten verbringe ich im Wechsel die nächsten zwei Tage am Bett meiner Tante. Noch einmal bäumt sie sich auf: »Helft mir doch!«
Ich wünsche ihr insgeheim, daß sie endlich gehen kann.
Am nächsten Morgen kommt ein Anruf aus dem Krankenhaus: Sie ist in der Nacht zum Freitag gestorben. Es war gegen ein Uhr.

Die Begleitung durch höhere Wesen aus einer anderen Welt, sie ist für mich zu einer ruhigen Gewißheit geworden.
Diese Stimme, die ihren Tod angekündigt hat, sie war so klar und rein, voller Wahrheit und Liebe.
Ich beziehe tiefen Trost daraus.
Als meine kleine Tochter Kati mich in der Folgezeit angstvoll fragt: »Was ist, wenn du stirbst und ich bin noch da?«, antworte

ich zu meinem eigenen Erstaunen: »Aber dann werde ich immer um dich herum sein, mehr noch, als ich es jetzt sein kann. Ich werde dir bei allem helfen, und wenn du dann eines Tages stirbst, werde ich dich erwarten und in Empfang nehmen. Denn das Leben geht immer weiter, nur auf anderen Ebenen.«
Kati ist getröstet, und ich bin es auch.
Ich weiß, es kann uns nichts passieren.
Anders läuft es da bei Dir. Noch bist Du nicht bereit, Deine Skeptik zugunsten eines Glauben aufzugeben, denn das wäre für Dich wie ein Kontrollverlust über das eigene Schicksal.

Das beginnt schon bei den Themen Krankheit und Krankenhaus. Sie waren schon immer tabu für Dich, so, als könne man sie durch das Verschweigen und Negieren aus dem eigenen Leben buchstäblich wegradieren und bekäme somit einen Bonus auf mehr Gesundheit und längeres Leben.

Ich glaube, nichts war dabei erschreckender für Dich als die Aussicht, nicht ganz und gar funktionsfähig zu sein. Das hieß: im Vollbesitz Deiner geistigen und körperlichen Kräfte.

Einer Deiner Grundglaubenssätze war: Ich kann alles, wenn ich es nur stark genug will, und ich muß nichts erleiden, was ich nicht erleiden will.

Und Deine Erfahrungen gaben Dir recht:

Bis zu Deinem vierzigsten Lebensjahr kanntest Du Kopfschmerzen nur vom Hörensagen. Ein Krankenhaus hattest Du nur einmal von innen kennengelernt, als ein im übrigen schwerer Unfall, bei dem Du den Wagen Deines Vaters um einen Betonpfeiler gewickelt hast, für eine Platzwunde am Kopf sorgte, die im Krankenhaus genäht werden mußte.

Während unserer zwanzigjährigen Ehe hattest Du nur ein einziges Mal Grippe, allerdings mit der bemerkenswerten Auffälligkeit, daß Du im Liegen im Bett einen Kreislaufkollaps bekommen hast, der Dir kurz fast das Bewußtsein genommen hätte. Du hattest zu diesem Zeitpunkt nur etwas erhöhte Temperatur.

Deine Fähigkeiten, Schmerzen ohne ein Wort der Klage auszuhalten, war unermeßlich. Als Du Dir einmal bei Handwerksarbeiten mit voller Kraft den Hammer auf den Daumen gehauen hast, so daß dieser sich im ganzen Nagelbereich sofort blau färbte, kam kein Wort über Deine Lippen, am nächsten Morgen nur die kleinlaute Anmerkung, Du habest die ganze Nacht kein Auge zugetan, weil der Nagel so gepocht hatte ...

Schweigen zu Deinem Körperbefinden konnte vieles bedeuten – entweder war alles in Ordnung, was bei Deiner robusten Gesundheit die Regel war, oder eben nicht. Dann aber hatte ich wenig Chancen, Genaueres zu erfahren.

Du warst der Ansicht, daß jeder Körper unendliche Selbstheilungskräfte hat, und lange Zeit funktionierte diese Überzeugung in Deinem Leben auch durchaus.

Und im übrigen stand es ja jedem frei, Kränkeleien in seinem Leben einen Platz einzuräumen oder sich für tatkräftige Gesundheit zu entscheiden. »Man muß nur wollen!« war Deine Devise, und Du warst der lebende Beweis dafür, daß Gedanken und Einstellungen die eigene Wirklichkeit erschaffen.

Ich war aus meinen Jahren mit meiner Tante anderes gewohnt, hatte auch hier wie in so vielem anderen eine andere Geschichte und ein anderes Lernprogramm. Da nämlich hatte ich die Krankenschwester in mir entdecken und leben können. Ich hatte gelernt, wie wichtig es für einen selbst und die Umgebung ist, auf die Stimme des Körpers zu hören und die eigenen Befindlichkeiten offen zuzugeben. Erst später lernte ich allerdings, achtsamer mit mir umzugehen und weniger Raubbau zu treiben.

Meine eigenen Kinder boten mir wiederum wenig Gelegenheit, meine Samariterfähigkeiten auszuleben, an ihnen ging jede Kinderkrankheit spurlos vorüber bis auf drei Windpocken auf Katis Rücken. So fanden wir andere Möglichkeiten, uns zu verwöhnen und zu bemuttern.

In meinem eigenen Leben haben Krankenhausaufenthalte einen anderen Platz eingenommen.

Krankheiten wie Grippe und Erkältungen kannte ich lange Zeit gar nicht mehr. In dem Maße, in dem meine Seele sich eine Rüstungsschale nach der anderen zulegte, hatte auch mein Körper dichtgemacht – so jedenfalls schien es mir.

Jede Erkältungs- oder Magen-Darm-Grippewelle ging spurlos an mir vorüber. Das einzige, was mich manchmal aus der Schule zu Hause bleiben ließ, waren nervliche Erschöpfungszustände.

Gleichzeitig hatte ich ständig das Gefühl, »die Nase voll zu haben«. Aber kein Schnupfen verschaffte mir Erleichterung. All das war durchaus beunruhigend für mich.

Parallel zu dieser scheinbar robusten Gesundheit meldeten sich einige Altlasten aus der Kindheit und wurden durch »Operatiönchen« entfernt. Die damit verbundenen Krankenhausaufenthalte konnte ich in vollen Zügen genießen.

Ich ließ mich in die kompetente und liebevolle Behandlung von Ärzten und Krankenschwestern fallen, kannte nach wenigen Tagen die Lebensgeschichte der Putzfrau und hatte bei meinem Heimgang Rezepte von Weihnachtsplätzchen und Kostproben dazu in meinem Gepäck.

In solchen Phasen war ich sehr zufrieden damit, daß mein Körper die Regie übernommen und mich in die Ruhe gezwungen hatte.

Durch diese meine eigene Gesundheitsgeschichte habe ich gelernt, daß der Körper seelische Befindlichkeiten widerspiegelt, und ich setze keinen bewußten Widerstand ein, um in dem einen oder anderen Bereich ein Aufbrechen und Weiterentwikkeln zu verhindern.

Aber in meinem Unbewußten nisten ganz offensichtlich andere Glaubenssätze, und sie bestimmen einen Großteil des Geschehens, ohne daß ich Zugriff darauf habe.

Immerhin aber hat mein Körper sich in letzter Zeit verstärkt gemeldet, und das weist mir den Weg und verschafft eine größere Beruhigung, als sein Schweigen das tut.

Beginnend mit der unverhofften Aussprache mit meiner Freundin, die von meiner Seite aus eher ein Vulkanausbruch war, ist Bewegung in mein System gekommen.

Es gab in der Folgezeit zwar keine derart wegweisenden Eruptionen mehr, aber die Erde bebt, und hin und wieder bahnt sich ein Lava-Rinnsal seinen Weg durch das verkrustete und nun aufgebrochene Gestein.

Im Seelischen geschehen seltsame Dinge.

War auf der einen Seite diese klare Stimme, die den Todeszeitpunkt von meiner Tante ankündigte, etwas für mich Wunderbares und durchaus Vertrautes, so wundere ich mich über ganz andere Verhaltensweisen von mir:

Bei den häufigen Treffen mit unseren Freunden bin ich in der Regel, je nach Zusammensetzung der Runde, eher schweigsam – die Gesprächsthemen über Wirtschaft und Politik überfordern mich streckenweise restlos, und bei soviel versammelter Kompetenz halte ich lieber meinen Mund, als mir eine Blöße mit einer unbedarften Bemerkung zu geben. Statt dessen höre ich intensiv zu, und das sehr gerne, denn da gibt es jede Menge zu lernen für mich.

Jetzt aber beobachte ich mich immer häufiger dabei, wie ich

plötzlich, als sei mein Wille ausgeschaltet, den Mund aufmache und Anmerkungen zu dem jeweils diskutierten Thema mache, die ich vorher weder wußte noch im Geiste vorformuliert habe! Und in dem Moment meines Sprechens erhalte ich ab der ersten Sekunde die ungeteilte Aufmerksamkeit der andern.

Ganz offensichtlich trifft der Inhalt in der Regel ins Schwarze – ich stehe wie neben mir selbst, überlasse meine Stimme einer anderen Macht, bin nur das Mikrofon, durch das man spricht.

Das soll im Laufe der Zeit zu einer immer ausgeprägteren Form meiner Kommunikation werden und ist heute, da sich meine Lebenserfahrung und mein Wissen erweitert und daruntergemischt haben, ein fester und mir sehr bewußter Teil meiner Wesensveräußerung.

Neben mir stehen – das passiert bei solchen Zusammenkünften häufig und ohne daß ich einen Einfluß darauf hätte: Selber mitten in der Situation drin, befinde ich mich von einer auf die andere Sekunde in einigen Metern Entfernung und betrachte das stimmengewaltige und raumfüllende Diskutieren um den Eßtisch herum von lebhaft gestikulierenden Menschen vor leergegessenen Tellern und halbgefüllten Weingläsern, alles eingetaucht in Schwaden von Zigarettenrauch. Ah, da bin ja auch ich, ganz absorbiert von dem Geschehen, genau wie die anderen. Ich sehe mich und weiß, daß ich das bin und auch wieder nicht – genaugenommen ist das, was ich von mir sehe, nur die sichtbare und vergängliche Hülle, nicht wirklich »Ich«.

... Und dann, schwupps, befinde ich mich wieder in meinem Körper, und das eben erfahrene distanzierte Beobachten kommt mir so unwirklich vor, wo mir der Weißwein doch jetzt so angenehm kühl und wohlschmeckend die Kehle runterläuft, mein Pullover schon penetrant geräuchert riecht und ich nach einem Feuerzeug auf dem Tisch hangele, um mir die nächste Zigarette anzuzünden ...

Weder das eine noch das andere Erleben unterliegt meinem Willen, und so lasse ich mich führen. Ich fühle in den Momenten, wo es geschieht, nur einen tiefen Frieden.
Und dann weiß ich: Es ist gut.

In dieser Zeit dämmert es mir auch, daß ich all das über die Jahre verteilt schon erlebt habe, daß die Aufmerksamkeit meiner Zuhörer immer dann am größten war, wenn ich Dinge sagte, die ich mir so noch nie überlegend zurechtgelegt hatte, wenn sozusagen die Geburtsstunde des Gedankens mit dem Ausdruck über das gesprochene Wort zusammenfiel und völlig flüssig und überzeugend herauskam.

Die erahnte Wirklichkeit hinter diesen Momenten, sie atmete Weite, Liebe und Frieden.

Meine Hingezogenheit zu diesen magisch-mystischen Bereichen der Wirklichkeit hatte allerdings schon bei einem Aufenthalt in Südfrankreich einen sehr belastenden Dämpfer bekommen.

Ich war damals sechzehn Jahre alt und machte mit meiner Familie Urlaub dort. Wir verbrachten die Tage in großer Freundesrunde am Strand – die Handtücher fächerförmig im Kreis gelegt, wir bäuchlings darauf und heftig diskutierend. Bei einer solchen Gelegenheit hatte ein Franzose mir aus der Hand gelesen und dabei festgestellt, daß ich im Alter von 36 Jahren meinen Lebenspartner durch Tod verlieren würde.

Wenn ich es auch als unglaublich und unverantwortlich empfand, ein in der Zukunft geschautes Ereignis mit einer solch tragischen Komponente dem Betroffenen weiterzuerzählen und es dann auch noch an einer Alterszahl festzumachen, so traf diese Feststellung nicht nur meine ausgeprägte Verlustangst, sondern auch die Befürchtung, daß er recht behalten könnte.

Ich wußte plötzlich, daß mir noch ein tragischer Verlust bevorstand.

In den Jahren ab meinem dreißigsten Lebensjahr kam mir diese Vorhersage immer wieder in den Sinn, und sie löste Berge von Angst aus – wir hatten zwei gesunde und gelungene Kinder und mit ihnen zusammen ein Leben voller Lebendigkeit und Erfülltsein. All das wünschte ich festzuschreiben für alle Zeiten. Wie erleichtert war ich, als mein 36. Lebensjahr beendet war und noch alle – und vor allem Du! – am Leben waren.

Statt dessen häuften sich in den Jahren danach Tag- oder Nachtträume mit einer kurzen Beerdigungssequenz: unendlich viele Menschen begleiten einen gestorbenen Menschen auf seinem letzten Weg. Ich ging davon aus, daß ich die Tote war, und ich empfand es als beschämend, daß meine Eitelkeit den Grad meiner Beliebtheit zu meinen Lebzeiten an der Menge der Trauergäste festmachte und diese Bilder auch noch in meine Träume hineinprojizierte.

Am Tage Deiner Trauerfeier wusste ich es dann besser. Die vielen Menschen, die Blumen, Trauer und Betroffenheit – ich hatte diese traurige Gewißheit schon lange vorher in meinen Bildern gehabt, nur jetzt war ich mittendrin im Film des Lebens.

Wie gut, daß wir vieles Erahnte und Geschaute nicht immer richtig einordnen können!

Doch vorher schon standen andere Einschnitte und Abschiede an.

Der Tod meiner Tante ist gleichzeitig das Ende eines anderen Prozesses: Ich mache meinen Frieden mit meiner Hamburger Vergangenheit und dem Riß in meinem Leben.. Das alles geschieht nach immer wieder erfolgten Ausbrüchen und den nachfolgenden Gesprächen mit Dir darüber.

Seinen Frieden machen – ich kann nun endlich akzeptieren,

daß es Dinge im Leben gibt, die scheinbar ohne Abschluß und in jedem Fall ohne zufriedenstellende Erklärung ihren Abbruch finden – ein Gleis, was hier einfach aufhört, und es gilt, eine neue Spur aufzunehmen.

Und umgekehrt: plötzlich stehen wir vor einer neuen Schiene, die uns buchstäblich dazu einlädt, den Fuß darauf zu setzen und den Weg zu beginnen, nicht wissend, wohin er führen wird. So war es, als ich Dich traf.

Abschiede sind ein Teil unseres Lebens.

Man verläßt einen Raum, und die Tür zu einem neuen Raum öffnet sich. Es ist nicht vorgesehen, daß wir unser Leben lang in nur einem Raum verbringen, zu groß ist das ganze Haus. Es will gefunden und belebt werden, und indem wir es tun, weitet es sich und wird die Welt ...

Jedes Überschreiten einer neuen Schwelle ist wie das Erklimmen einer neuen Stufe, wir haben uns weiterentwickelt, unser Potential weiterentfaltet. Und indem das so ist, formen sich aus den Nebelschleiern der Zukunft neue Konturen – der nächste Raum gibt sich zu erkennen mit neuen Umrissen und neuen Lernfeldern. Und oft ist das verbunden mit der Zuführung von neuen Menschen, die uns vom ersten Moment an so vertraut erscheinen, als würden wir sie schon eine Ewigkeit kennen.

Und so gewöhnen wir uns von neuem ein in all das, was wir schon erarbeitet und erlebt haben. Denn die Seele vergißt nichts ...

Der Raum, in dem meine Saarbrücker Kinder- und Jugendzeit ihren Platz gefunden hatte, diesen Raum hatte ich schon lange verlassen. Die Erfahrungen und Entwicklungen dieser Zeit waren wie alles andere zu den Prägungen meines Innenlebens geworden. Der Tod meiner Tante konnte daher nicht meine Verlustproblematik neu beleben, sondern es war für mich der organische Abschluß eines lang gelebten Lebens, seit langem fernab von meiner eigenen Realität.

Von neuem und völlig unverhofft wurden wir vor ein anderes Ereignis gestellt: Ich war schwanger, trotz Verhütung.

Das Thema Kinderkriegen war schon lange keins mehr für uns. Wir waren komplett, unser Leben war randvoll, und zunehmend war jeder mit Selbstverwirklichung und Selbsterfahrung beschäftigt.

Schwanger – es kam mir vor wie ein Gottesurteil, und ein irreales Gefühl von Freude über Mutterschaft und neuerlicher Nestwärme hob mich auf »Wolke sieben«. Die Hormone taten das ihre an Euphoriezugabe.

Deine Einwände wurden von mir weggewischt. Ich wollte dieses Kind.

Zunächst ließ ich mir die Spirale entfernen, dann wurde eine Fruchtwasseruntersuchung gemacht.

Für die zwei Tage im Krankenhaus schreibt Kati mir ein kleines Briefchen:»Ich habe solche Angst, Mama, daß du länger wegbleibst ...«

Abends vor dem Eingriff kamst Du zu mir ins Krankenhaus, und wir überlegen die Gestaltung von Weihnachten.

Am nächsten Morgen sehe ich auf dem Ultraschall mein Kind: vollständig, sogar die fünf Finger an jeder Hand sind gut erkennbar, es turnt in mir rum, besonders lebhaft, wie ein Begrüßungsgeschenk. Eine warme Freude durchflutet mich.

Nach der durchgeführten Amniozenthese am nächsten Tag fühle ich mich nicht gut. Ich liege auf dem Bett und lese. Auf dem Weg ins Bad platscht Fruchtwasser aus mir heraus. Die sofort veranlaßte Untersuchung stellt eine Entzündung im Uterus fest.

Fünf Tage liegen im Bett, nur Rückenlage, Infusionen, Warten darauf, daß das »Leck« sich wieder schließt. Meine innere Unruhe und beginnende Verzweiflung kann ich nur durch konzentrierte Atemübungen im Zaum halten.

Ich rede mit dem Wesen in mir, bete und bitte Gott, es mir nicht zu nehmen ...

Nach fünf Tagen geben wir auf, und eine äußerst schmerzhafte Geburt wird eingeleitet.

Dann komme ich nach Hause. Die Welt hat sich verändert.

Zwei Wochen später erhalte ich schriftlichen Bescheid über das Ergebnis der Amniozenthese: »Wir freuen uns, Ihnen mitteilen zu können, daß Sie ein gesundes Mädchen erwarten ...«

Es wäre eine kleine Annika geworden.

Nach diesem schmerzlichen Verlust will ich es nun wissen – ich lehne jede Schwangerschaftsverhütung ab. So kommt es in den folgenden zwei Jahren zu zwei weiteren Schwangerschaften, die ebenfalls in Fehlgeburten enden. Das einzig Gnädige dabei ist, daß sie dieses Mal bereits im dritten Monat geschehen, und so ist der Verlust nicht so nah wie beim ersten Mal.

Nach dem dritten Mal, das auf seine Weise so dramatisch verläuft wie die anderen zwei, weiß ich dann endlich, daß dieses Thema endgültig abgeschlossen ist für mich.

Eine große Müdigkeit steckt in mir. Ich weiß nun genauer als vorher, daß man nichts erzwingen kann und daß ich schonender mit mir selbst umgehen muß.

Und : Es geht jetzt um mich, ohne Ablenkung von anderen, um meine endgültige Heilwerdung und die Heimkehr zu meinen Wurzeln, zu dem, was mich ausmacht.

Ich möchte meinen Frieden finden.

Auf dem Weg dahin vertraue ich meiner inneren Führung. Das »Schicksal« hat mich buchstäblich weichgeknetet, und so bin ich zunehmend offen für das, was mir meine innere Stimme sagt.

Sie wird zu meinem verläßlichsten Begleiter, denn sie ist immer da, wenn ich sie auch nicht immer höre, nicht immer hören will. Sie ist der beste und weiseste Teil von mir, weitblickender als alles, wovon mein Ego glaubt, daß es gut für mich sei.

Unsere menschliche Phantasie reicht nicht aus, alle Konsequenzen und Möglichkeiten als Folge eines Handelns zu kennen und im Blick zu haben ...wir brauchen Führung, aber nicht die von außen und nicht die von anderen ...

Ich lerne es zunehmend, dieser inneren Stimme die Führung zu überlassen.

Und ich beginne, diesen wesentlichen Teil meines Weges in eigener Verantwortung zu gehen.

Wir beide bleiben weiterhin zusammen und sind uns treuere Begleiter denn je, jedoch haben sich in mir die Prioritäten verschoben: Die Triebfeder meines Handelns und der innere Wegweiser sind nun nicht mehr meine Verlustangst und die erlernte Anpassungsfähigkeit, sondern der Teil in mir, der »es besser weiß«. Der Lernweg ist ein anderer geworden, und mein Leben wird nun geprägt durch etwas, was am treffendsten seinen Ausdruck findet in dem *Gebet an die Gelassenheit*:

Gott, gebe mir die Gelassenheit,
Dinge hinzunehmen,
die ich nicht ändern kann,
den Mut, Dinge zu ändern,
die ich ändern kann,

*und die Weisheit,
das eine vom anderen zu unterscheiden.*

Ich fange an zu begreifen, daß ich nie allein bin, daß ich nie allein gewesen bin, daß das gar nicht möglich ist, auch nicht in den dunkelsten Zeiten.

Ich begreife, daß dieses Gefühl der Verlassenheit Ausdruck meiner größten Angst ist und der größten Gottesferne. Jetzt bin ich auf dem Weg zurück zu ihm.

Und so beginne ich, immer bewußter meine täglichen Rückzugsmomente zu schöpfen. Ich treffe immer häufiger Verabredungen mit mir und finde an dem Ort der inneren Ruhe meinen inneren Führer. Und ich höre in mir die Weisung, die mir den Weg gibt :

*Es ist das Schweigen, über dem ich mich selbst kennenlerne,
es ist das Schweigen, über dem ich beredt werde,
es ist das Schweigen, worüber ich zu meinen Wurzeln komme, die Stimmen von oben empfange – meine Richtlinien.
Es ist das Schweigen, was mir die Kraft aus der Ruhe gibt.
Es beginnt wie ein Ruf von innen und von oben – und indem ich ihm nachlausche, werde ich schweigsam, begebe mich auf den mir so vertrauten uralten Trampelpfad meiner menschlichen Empfindungen und meiner unzerreißbaren Richtschnur nach oben, die, wenn ich lange genug und mit Geduld schweige, alles offenbart, was ich an altem Wissen über mich und das Geschehen der Dinge tief in mir vergraben habe.
Es ist das Schweigen, das die anderen verunsichert, die Tür schließt
– für den Moment meiner Selbstfindung und der Anbindung.
Es ist das Schweigen der Priesterinnen, der Einzelkämpfer, der Medien.*

Es ist mein Weg, sehr oft gelebt und doch für die Nächsten meines Lebens bedrohlich.
Es ist das Schweigen, zu dem ich stehen muß als meinem Weg, denn es ist der Weg, auf dem ich in diesem Leben meine Aufgabe zu bewältigen habe
zu schweigen, wenn andere Umwege gehen, die ihre sind
zu schweigen, wenn mein eigener Druck in mir zu groß wird, ich es aber ertragen lernen muß
zu schweigen, wenn ich Zukünftiges erschaue, was aber belastend wäre für alle, es zu wissen
zu schweigen, wenn es gilt, Fehler – eigene und fremde – zu ertragen
zu schweigen, wenn die Anbindung am höchsten und am persönlichsten ist
zu schweigen aus Bescheidenheit, Demut, Erforschen, Sich-Zurückstellen
Es ist mein Weg, die ich die Macht des Wortes kenne und sie beherrschen lernen muß.

Meine spirituelle Heimat

Wer Glück hat in seinem Leben, wächst in der Begleitung von älteren Menschen auf, die den Fundus ihrer Lebenserfahrung leben und weitergeben.

Wer großes Glück hat in seinem Leben, wächst und gedeiht in der Wärme von Altersweisheit, die in Liebe und dem Aufgehen für andere gelebt wird.

Ich habe großes Glück gehabt.

Meine Omi hatte mir dieses Wohlgefühl aus Urvertrauen und heiterer Gelassenheit vermittelt, und das in ständiger, unverbrüchlicher Präsenz. Und meine Tante lieferte ein schier unerschöpfliches Reservoir an gelebter Tatkraft, Zivilcourage und bestandenen Lebensprüfungen.

Die Essenz daraus waren ihre »Sprüche«, die mich als Dauergeländer begleiteten und die wie nebenbei eine unterschwellige Erziehungsfunktion erfüllten:

»Das stört keinen großen Geist, und einen kleinen haben wir hier nicht.« – Wir schluckten aufkommende Unzufriedenheiten eher runter, als uns als Kleingeister zu veräußern.

»Sage nie, das kann ich nicht ...« Auf die Länge der Zeit wurde das zu meiner Triebfeder, mir alles zuzutrauen und vieles anzugehen.

»Wenn du in den Raum kommst, geht die Sonne auf!« – Ich wollte nur zu gerne daran glauben!

»In der Ruhe liegt die Kraft«– eine Weisheit, die für mich zeitlebens gültig und erstrebenswert ist

»Was du tust, das tue ganz« wurde zum Kern meiner glücklichsten und intensivsten Lebensmomente.

»Du hast soviel Kraft, du könntest einen ganzen Gutshof alleine leiten« – abgesehen davon, daß ich keinerlei Affinität zu

Guts- und Bauernhöfen hatte, sollte dieser Satz nur symbolisch das Ausmaß meiner praktischen Tüchtigkeit belegen.

Ich wußte, daß ich etwas bewegen konnte, nur war mir lange Zeit die Zielrichtung nicht klar. Oft hatte ich Vorstellungen von der Arbeit in der Entwicklungshilfe, dann sah ich mich inmitten von schwarzen Kindern. Als mein Lehrerberuf mich dann so forderte, daß ich keineswegs das Land oder den Erdteil wechseln mußte, um dieses Gefühl von Pionierarbeit zu haben, verlor sich langsam das Denken daran.

Immer klarer wurde mir das, was meinem Leben Sinn gab: mit Menschen zu arbeiten, ihnen Vertrauen zu vermitteln in ihre Fähigkeiten und Talente und damit in eine höhere Macht, ihnen helfen, den Zugang zu ihrem Wesenskern zu finden.

Der Weg dahin lief über meine Selbstwerdung, meine Heil- und Ganzwerdung. Ich befinde mich immer noch in diesem Prozeß.

Tief in mir wußte ich dabei über all die Jahre hinweg, daß ich meinen festen Glauben an Gott finden würde. Und daß ich dann, ganz konkret und direkt spürbar, für alle Zeit und für jede Lebenslage, meinen Fels im Leben und meinen Anker gefunden hatte.

Das würde mir die Kraft aus der Ruhe, die Tatkraft, etwas zu bewegen, die Liebe zu allem und zu mir selbst geben.

Meine kirchliche Erziehung war mit der Konfirmation abgeschlossen. Die angenehmen Erfahrungen und Erinnerungen waren geankert an den idyllischen Ort der kleinen Dorfkirche auf dem Hügel.

Das hatte jedoch nur die Oberfläche gekräuselt, nicht aber die tieferen Bereiche darunter.

Mit der gleichen Gewißheit, mit der ich die Begegnung mit meinem Traummann erwartete, wußte ich, daß ich eines Tages in meinen spirituellen Hafen einlaufen und vor Anker gehen würde.

Welche Personen mir dazu verhelfen würden, war zweitrangig. So brauchte ich nur abzuwarten, das Leben würde sich schon melden und mir unmißverständlich auf die Schulter klopfen.

Als ich Dich traf, hatte ich dieses Gefühl, zu Hause angekommen zu sein.

Sechzehn Jahre später dann lernten wir Menschen aus einer spirituellen Gruppe kennen und kamen in zunehmenden Kontakt mit ihnen.

Da hatte ich zum zweiten Mal in meinem Leben dieses Gefühl.

Das Leben klopfte Dir und mir auf die Schulter, und wir reagierten.

Alles, was ich vorher gefühlt, geschaut, in mystischen Bereichen erlebt hatte, konnte ich nun offenlegen ohne Angst, mich lächerlich zu machen. Erfahrungen austauschen, mit Achtung reden und zuhören über Dinge, die mir heilig waren und die zu meinem großen Erstaunen so vieles in dem Leben der anderen bewirkten und dort auch zu einer unbezweifelbaren Realität geworden waren – mein Gott, was für ein Geschenk!

Wir waren uns einig, daß diese Welt der sichtbaren und fühlbaren Erscheinungen nur das schmale Abbild einer viel größeren und gewaltigeren Wirklichkeit dahinter war.

»Was du tust, das tue ganz« – ich machte dieser Redensart alle Ehre und stürzte mich mit allen meine Überzeugungen da hinein. Ohne Frage wurde das zu einer entscheidenden Wende in meinem Leben. Und Du warst neben und bei mir.

Weißt Du noch, was ein immer wiederkehrendes Thema in unseren Diskussionen zu zweit gewesen ist, ab der ersten Sekunde unseres Zusammenseins? Du: »Wo geht die Energie von uns hin, wenn wir sterben? Wo gehen wir hin, wenn wir sterben? Unser Körper hört auf zu sein und verfällt und verwest. Aber unsere Seele, wir selbst, unsere Energie – wo geht sie hin? Energie kann nicht verloren gehen. Also noch einmal: Was geschieht mit uns, wenn unser Körper gestorben ist?«

Mein Zugang zu diesen Themen lief rein über das Gefühl und die Intuition, Deiner über Lesen, Bücher, Wissen und wissenschaftliche Erklärungen und Beweise. Du konntest stundenlang darüber diskutieren mit den geeigneten Gesprächspartnern, während mir das dann alles zu »kopfig« war und ich in diesen Phasen des Gesprächs nur daneben saß und nach innen lauschte.

So ergänzten wir uns wunderbar. Im beiderseitigem Meinungsaustausch war jeder Garant dafür, daß Kopf und Herz zu Wort kamen.

Und Dein Herz – es öffnete und weitete sich ...

Dieser Kontakt mit anderen Suchenden traf Dein Herz. Mitten in den Gesprächen über unser aller Sehnsucht, Sinn und Heimat hinter allem zu finden, stockte Dir die Stimme, wurde belegt und voller Tränen. Und trotzdem sprachst Du jedesmal weiter, und es war für jeden ersichtlich, wieviel Mühe Du hattest, die Fassung zu bewahren angesichts der Rührung und Betroffenheit, die Dich so plötzlich gepackt hatte.

Wir alle in der Runde wurden dann Zeuge Deiner aufgewühlten Gefühle, und es schien immer wieder den gleichen Urgrund zu betreffen – Deiner Sehnsucht nach Liebe, die verzeiht und annimmt, die uns alle verbindet und aufnimmt, die aus scheinbar unerklärlich grausamen Entwicklungen und Ereignissen ein Muster an Sinnhaftigkeit und Wachstumschancen webt. Wir teilten sie mit Dir, diese Gefühle und diese Sehnsucht, wir alle auf der Suche nach der Puppe in der Puppe in der Puppe ...

Und am Ende finden wir sie und stehen uns selbst gegenüber ...

Nie zuvor hatte ich Dich so erlebt.

Ich war zutiefst gerührt und betroffen, Dich, meinen starken Mann, so zu erleben, so voller Mut zu Dir und Deinen Gefühlen stehend und dabei andere am Aufbrechen alter Schalen teilnehmen lassend. Du warst ein gutes Vorbild darin, das machte Mut.

Du begannst, hier Deinen ganz eigenen Weg zu gehen, und ich durfte dabei sein und alles mit Dir zusammen erleben.

»Durfte« – es *war* ein Geschenk für mich, trotz und bei aller Eigenarbeit, die wir in den Jahren des Zusammenlebens und in den Auseinandersetzungen miteinander geleistet hatten.

Ich denke, unser Hauptverdienst war wohl, daß wir ausgehalten haben und trotz gegenteiliger Drohungen geblieben sind an der Seite und in Begleitung des anderen.

Unser Floß war stark und fest geworden.

Allerdings mußten wir auf diesem Weg auch erfahren, daß die Liebe zum anderen nicht verhindern kann, sich immer wieder unendlich unglücklich zu fühlen und viele Verzichte und Ablösungsschmerzen durchmachen zu müssen.

Wann ein solcher Schmerz nun wirklich das Zeichen für das längst fällige Aufbrechen verkrusteter Strukturen ist und wann ein Indiz dafür, auf dem falschen Weg zu sein, das kann nur jeder selbst für sich herausfinden. Mit allen Umwegen, die dazu gehören.

Der Weg ist das Ziel ...

Mein Weg in diesem gemeinsamen neuen Rahmen war anders als Deiner, hatte andere Schattierungen und Lernaufgaben, als sie sich Dir stellten.

Und hier wurden wir zwei wieder mit unserem gemeinsamen »Erbe« konfrontiert – unserer Rivalität: Wer ist besser, erfolgreicher, beliebter?

Aber: Es waren nur noch vereinzelte Schattenausläufer, unsere Zusammenstöße hatten bereits an Kraft verloren, und wir bewegten uns mit langsamen und liebevollen Bewegungen in der Arena, ein Zwinkern in den Augen.

Statt dessen begriffen wir mehr und mehr, daß wir ein perfektes Team waren – in unserer Andersartigkeit wie auch den sich überschneidenden Ähnlichkeiten. Jeder konnte sich voll Vertrauen in die Stärke und Güte des anderen fallen lassen.

Wir taten es, und die Zeit der vollen Ernte unserer Beziehung begann.

Wir waren also gemeinsam angekommen bei Menschen, die ebenso auf der Suche waren wie wir. Sie kamen aus den unterschiedlichsten Lebens- und Altersbereichen und hätten verschiedener als unser alter Freundeskreis nicht sein können.

Mit jenen wiederum vollzogen sich zunehmend Ablösungen, zu unterschiedlich war in vielen Fällen das, was uns bewegte und womit wir bereit waren, unsere freie Zeit zu füllen.

Erinnerst Du Dich, mein Liebster?

Es geschah so viel mit uns in dieser Zeit, und wir redeten täglich unzählige Stunden miteinander.

Wir wollten verstehen, verstehen, verstehen ...

Und wir wollten endlich den richtigen Weg finden und nie mehr verlassen.

Dieser gegenseitige Gedankenaustausch war immer ein Pfeiler unserer Beziehung gewesen, sein Fehlen war Indiz für die Eiszeiten in unserer Beziehung. Er nahm jetzt einen festen und umfangreichen Platz in unserem täglichen Leben ein. Und er ersetzte uns in großen Anteilen die früheren Kinogänge und Kneipenbesuche. Wir hatten den Kern unserer Sehnsucht erreicht.

Woher kommen wir und wohin gehen wir?

Immer wieder machten wir uns Gedanken um die Besonderheit unseres gemeinsamen Weges, um herauszufinden:
Was war es gewesen, wozu wir uns versprochen hatten? Was galt es zu erlösen? Welche Dinge fielen uns in diesem Leben in den Schoß, welche waren endlose Hürden? Welche Themen tauchten immer wieder auf und drängten so nach Erlösung? Was in jedem von uns verursachte immer wieder Blockaden mit körperlichem Unwohlsein wie Druckgefühlen, dem berühmten Kloß im Hals oder dem Zementklotz im Bauch?

Wir kamen beide aus »guten« und wohlhabenden Familien, die uns unsere Ausbildung und damit den Einstieg in unsere Berufe und die dazugehörige gesellschaftliche Stellung problemlos ermöglicht hatten. Das war uns in den Schoß gefallen, wir hatten nicht dafür kämpfen müssen.

Wir taten das Unsere dazu durch Fleiß und Einsatz unserer Talente und lebten so auf der Sonnenseite des Lebens, was Status, Lebenserfüllung und Wohlstand betraf.

Dabei gerieten wir immer wieder in einen Zwiespalt: Froh, stolz auch und dankbar über alles, was wir leben konnten und durften, hatten wir schon in frühem Alter viel erreicht und erworben.

Und dabei fragten wir uns mit fortschreitenden Jahren immer wieder, ob sich darin wirklich der Lebenssinn erschöpfte oder ob es da nicht noch etwas anderes gibt, was auf uns wartet ...

Etwas, was ausfüllt, Frieden gibt, Geber und Empfänger reich macht und doch nichts mit Geld zu tun hat.

Auf der Suche nach Gott und unserem Glauben in ihn wollten wir etwas finden, was sich greifbar und fühlbar in unser Leben einfügen ließe.

Jetzt hatten wir das Gefühl, auf dem richtigen Weg zu sein.

Die Menschen, mit denen wir uns eine Strecke dieses Weges teilten, waren nur allzu menschlich. Diese offensichtliche Ferne von Heiligkeit machte es uns möglich, miteinander zu gehen.

Natürlich war aber auch hier unser Urteilsvermögen immer wieder gefragt, und jeder war in seiner Verantwortung für sich allein vor immer neue Entscheidungen gestellt. Das Leben ließ sich nicht »wegparken«, um hinterher wieder hervorgeholt zu werden, es wirkte immer, und für jede getroffene Entscheidung hatte der Betreffende die Verantwortung selbst zu tragen, wenn auch die Folgen nicht immer gleich spürbar waren.

Was hat uns diese Zeit gebracht, was hat sie uns gegeben?

Ich habe meinen Glauben wiedergefunden und Du auch. Das war das größte Geschenk. Dann die Orientierung und Gewißheit, wer wir sind und welche Zielrichtung unsere Gaben und Talente nehmen wollen und können. Und dann, oh ja!, die Bewußtheit von dem Reichtum unserer gemeinsamen Beziehung und seiner wechselseitigen Beeinflussung. Und nicht zuletzt der Friede und das Glück, das alles kampffrei in seinem ganzen Ausmaß genießen und leben zu können.

Oh, ich hätte ewig so mit Dir weiterleben mögen!

Kaum noch vorstell- und erinnerbar, daß wir jahrelang immer wieder versucht hatten, uns zu demontieren, wenn es hart auf hart ging.

Daß es so geschehen war, bestätigt mich in dem Glauben, daß es auf dem Weg der Selbstwerdung keine Abkürzungen gibt – Abkürzungen in Form von theoretischen Erkenntnissen als Ersatz für gelebtes Leben; Abkürzungen, indem man die anderen die Schwierigkeiten und Lösungen erleben läßt und sich andockt — auch das funktioniert nicht.

Nur wir selbst können unsere eigene Wirklichkeit schöpfen. Dabei müssen wir die Berge von Herausforderungen überwinden und das Tal der Tränen durchqueren, immer wieder. Es ist der durchstandene Schmerz, der uns wachsen läßt, immer wieder.

Und an nichts anderem als dem Leben selbst werden wir ihn in der Reibung erfahren und erleiden.

»Wer weiß, wozu das gut ist« ist ein Zusatz, der immer dann seine Berechtigung zeigt, wenn unvorhergesehene Ereignisse sich als Hindernisse und Störfelder vor uns aufbauen. Worin die Güte dieser Erfahrung liegt, zeigt sich oft erst viel später.

Und wieder sind die Geduld und der Langmut die größten und schwierigsten Lehrmeister auf dem Weg zu Frieden und Gelassenheit.

Ein häufig zitierter Satz auf diesem spirituellen Weg lautete: »Was hat es dir zu sagen?« Im richtigen Kontext und voller Liebe und Mitgefühl geäußert ermöglicht er ein Erinnern daran, daß wir zutiefst der Schöpfer unserer eigenen Wirklichkeit sind.

Das ist wahr und ewig gültig.

Und wie oft erkennen wir erst in dem Spiegel der Wirklichkeit das, was wir getan und gedacht haben. Und wie oft wollen wir nicht hineinschauen in diesen Spiegel!

Wir waren zurück auf dem Weg zu uns, zu Gott. Gemeinsam.

Der Abschied

In einer Woche ist Weihnachten, und wie jedes Jahr sind alle völlig am Ende ihrer Kräfte, und wie jedes Jahr ist es kaum jemandem gelungen, dieses Knäuel von Arbeit, Verabredungen und an das Fest gebundene Verpflichtungen zu entwirren, das ganze Gefüge freier, gelöster und spielerischer zu machen. Wir haben schon alle ein Talent, eine gute Idee oder einen guten Kern so zu verfremden, daß nicht Halt und Kraft, sondern Zerrissenheit und Unwohlsein daraus entstehen!

Wie jedes Jahr sind auch diesmal viele im Aufbruch zum Skifahren in das Weiß der Berge. Sogar bei uns ist für die nächsten Tage Schnee gemeldet – ich denke mich schnell weg von diesem Thema und den Bildern, die dazu aufsteigen, die Wunde um die Umstände Deines Gehens ist noch zu schmerzhaft. Und doch führe ich meine Gedanken immer wieder dorthin, sachte, behutsam, aber unbeirrbar wie eine Mutter ihr Kind, das sich von der Hand losreißt aus Angst vor dem Wasser, das mit wenig Eigenanstrengung trägt und doch die Gefahr des Untergehens in sich hält.

Eintauchen, noch einmal und immer wieder, in diese Gefühle von dem letzten Zusammensein und der Dramatik dieser Tage, vor zwei Jahren ... sie gaben mir in dem Moment des Geschehens die Gewißheit, daß Gott *ist* und daß ich Dich nie mehr verlieren kann, weil Du nun für immer ein Teil von mir geworden bist. Diese Kraft und Zuversicht haben mich durch die schwierige Anfangszeit getragen wie ein ruhiges und sicheres Floß. Aber da waren und sind eben auch die anderen Momente voller Trauer, Schmerz und Hoffnungslosigkeit, und so ist es gut und wichtig, immer wieder zurückzukehren dahin, wo unser gemeinsamer Weg aufhörte.

Es war ein klarer, schöner Wintertag – blauer Himmel, strahlende Sonne und kalt. Wir freuen uns auf diese gemeinsamen sechs Tage zu zweit, ohne unsere Kinder, ohne Freunde, nur wir zwei. Da ist in letzter Minute ein Doppelzimmer frei geworden in dem Schweizer Hotel, ein Paar hat abgesagt, und so fahren wir in den Ort, den wir schon aus früheren Zeiten kennen, als die Kinder noch kleiner waren und wir Kinderhüten von Freunden geschenkt bekamen und so vor dem Weihnachtstrubel schnell noch für drei Tage geflüchtet waren, um beim Skifahren aufzutanken.

Die Fahrt durch die Schweiz ist schön. Wie immer fährst Du, und ich döse neben Dir. »Du hast eben einen herrlichen Blick auf den See verpaßt«, stellst Du fest, als ich kurz vor dem Ziel aus einem Nickerchen auftauche. Der Parkplatz an der Talstation ist schneefrei, und wir laden unser Gepäck auf einen der bereitstehenden Wagen um und fahren mit den Gondeln hinauf in die weiße Pracht des Wintersportortes, der wie ein Adlerhorst über den senkrecht ansteigenden Felswänden thront.

Schon die ganze Fahrt über, und auch die Tage davor, mischt sich in meine Vorfreude ein Gefühl der Wehmut. Trotzdem, es bleibt mir jeder Moment im Kopf und im Herz haften, und mir wird in vielen Augenblicken schmerzhaft bewußt, wie sehr ich Dich liebe.

Wir beziehen unser Hotelzimmer – es ist komfortabel und gleichzeitig warm und »nestig« – und genießen unser erstes Abendessen. Du beschließt, nach diesen Tagen der Bewegung und des Genusses einige Fastentage zu Hause einzulegen. »Ich fühle mich irgendwie immer so vollgegessen!«. Es ist so viel Wärme zwischen uns, so viel Frieden! Wir sitzen uns gegenüber, die Hände ineinandergelegt, und du blitzt mich mit den Augen an: »Was sollen wir machen im Sommer – irgendwas Besonderes oder wieder in unser Haus?« Mmh, da ist nichts, was unbedingt gelebt werden möchte. Peru, Kolumbien, eine Kykladeninsel, das waren drängende Träume, die wir uns in den letzten Sommern verwirklicht haben. Also wieder nach Südfrankreich in diesem Jahr. Ich lasse meine Gedanken dahin schweifen, aber ich *sehe* den Sommer nicht! Hilflosigkeit kommt in mir auf, und ich kehre schnell mit meinen Gedanken zurück an diesen Tisch, in die Wärme dieses Raumes und dieser Liebe.

Am nächsten Morgen ist Anti-Wetter: Eine dicke graue Nebelsuppe wabert um die Häuser und die Berge, die Luft ist voller Tropfen und die Geräusche von den vereinzelt am Hotel vorbeiziehenden Skifahrern werden von dem schweren nassen Schnee verschluckt. Auf unsere angebrochene Weinflasche vor dem Fenster tropft der Schnee. Weiter oben, wo die Pisten liegen, schwankt der Schnee noch und ist auch dann mehr naß als Kristall. Wir sind nach kurzer Zeit allein auf der Piste – Du immer vor mir, die Strecke sondierend, um dann zu warten, ich hinterher, unsicher und blind fahrend. »Ich sehe nichts, wie kann man nur bei so einem Wetter Skilaufen?!!« schimpfe ich hinter Dir her. Aber wir halten es eine Weile aus. Es hat etwas Magisches, so alleine, *wir beide* alleine, mein Mann immer vor mir, immer in Reichweite, immer auf mich wartend, ein Richtpunkt in dieser grau-weißen, konturlosen Landschaft. Keine Wartezeiten am Lift. Als wir uns wieder einmal den Hang hochziehen lassen, fahren wir an einem einzelnen Skifahrer vorbei, der wohl aus dem Schlepplift rausgefallen ist und sich mühsam zentimeterweise durch den Tiefschnee am Hang kämpft. Sonst nur wir zwei, wie ausgesetzt auf einem anderen – und zugegeben sehr nassen! – Stern.

Abends gehen wir in ein anderes Lokal, um Raclette zu essen. Oh, Du findest kein Ende im Genuß, und als auch die Schnäpse nicht weiterhelfen, beschließt Du erneut, nach diesen Ferientagen mit dem Fasten zu beginnen.

Der nächste Tag beschert uns das gleiche Wetter und Du stellst fest, daß Du am Vorabend Deine Skier an der Liftstation vergessen hast. Während Du darauf wartest, daß ein Liftangestellter sie aus der verschlossenen Abstellkammer holt, gehe ich schon einmal vor, um da zu sein, wenn die Gondel den nächsten Schwung Leute mitnimmt. Die Gondel kommt und ich rufe Dir fragend zu, ob Du es rechtzeitig schaffst. Aber Deine feine und vornehme Art, die Dich immer in den seltsamsten Momenten Deines Lebens einholt, läßt es nicht zu, daß Du einfach zurückrufst. So wirfst Du mir nur ein Grinsen zu und redest weiter lächelnd mit einem anderen Angestellten, während Du auf Deine Skier wartest. Oh, wie bin ich wütend auf Dich! Ich marschiere an der Spitze des Pulks allein in die Gondel und pflanze mich dort an den vorderen Fensterplatz, den Blick stier geradeaus geheftet. Die Gondel ruckt an und ich spüre Deinen Atem in meinem Nacken, Dein Blick: voller Liebe und um Verständnis bittend. Noch während ich dieses schreibe, überflutet mich die Wärme des Augenblicks. Das ist die einzige Mißstimmung zwischen uns in diesen Tagen, wie die letzten Monate unseres gemeinsamen Lebens auch zugleich die friedlichsten waren. Und sie hielten den Abschied bereit, und ich bin sicher, unsere Seelen wußten es.

Auch an diesem Tag sind wir zwei allein im Nebel.

Am Sonntagmorgen scheint endlich die Sonne. Die Sicht ist auch an den höhergelegenen Hängen klar, und wir können viele Abfahrten machen. Du bist als der wesentlich bessere und gewagtere Skifahrer immer vorn. Nur einmal überhole ich Dich. Aber da stehst Du schweratmend und sagst: »Ich muß langsam machen, es ist anstrengend. Mein Herz ...«

Gegen Mittag sitzen wir an die Bretterwand einer Skihütte gelehnt, die Gesichter in die Sonne gestreckt. Endlich, so muß es sein!

Und als wir dann erneut am frühen Nachmittag aufbrechen, beschließen wir, noch einige Abfahrten zu machen, um das gute Wetter auszunutzen.

Doch kaum lassen wir uns von dem Schlepplift wieder hochziehen, fällt ein Schatten auf mich. Keine Wolke, nein, der Himmel ist weiter klar und die Sonne scheint ungehindert – ein innerlicher Schatten. Eine plötzliche Beklemmung nimmt mir fast die Luft.

Ich weiß überhaupt nicht, was ich hier soll!

»Irgend etwas stimmt nicht mehr. Ich will sofort nach Hause, ich will sofort ins Hotelzimmer ...«, bricht es aus mir heraus, und in mir ist ein wachsendes Drängen, schnellstmöglich den sicheren Ort des Hotels zu erreichen.

Dein Blick von der Seite ist unsicher und erstaunt. «Aber was ist, Schnurpelchen? Hat es irgendwas mit mir zu tun? Habe ich irgendwas falsch gemacht? Ich habe doch gar nicht geknatscht!«

Oh, diese Hilflosigkeit und Panik in mir! »Nein, es hat nichts mit Dir zu tun! ... Oder doch, aber nicht willentlich! Du kannst nichts dafür, du hast nichts falsch gemacht ...«

Und dann Du, nach einer kurzen Pause «Ich kenn Dich, wenn du in so einer Stimmung bist, hat es keinen Zweck, daß wir weiterfahren.»

Wir fahren unsere letzte lange Abfahrt schweigend hinunter, an der Weggabelung vor dem Hotel wartest Du mit einem »Sollen wir nicht doch noch mal ...?«, aber ich schüttele nur den Kopf und fahre wie getrieben weiter zum Hotel.

Die Sonne scheint immer noch und wir setzen uns auf die Terrasse und trinken unseren Kaffee, lesen und schweigen miteinander. Irgendwann einmal wirfst Du mir einen tiefen Blick zu, voller Liebe und Lichtblitze, und ich habe sofort das altvertraute Gefühl von völliger Nähe und Dir, ganz da und ganz nah, ohne trennende Wand oder wegschweifende Gedanken zwischen uns. Aber dann schieben sich Wolken vor den blauen Himmel, und wir gehen rein.

Bald darauf beginnt Dein Herz stärker zu rasen und Dir ist übel im Magen. Ich rufe die Kinder an und bitte sie, sich in Rufbereitschaft zu halten, da Du ganz offensichtlich krank bist.

Am nächsten Morgen melden wir uns von der Rezeption aus bei dem einzigen Arzt des Ortes an und werden bei wieder dichtem Schneetreiben von dem Jeep-Taxi abgeholt – Dein Herzrasen hat zugenommen und es ist Dir unmöglich, das berganführende Straßenstück zur Praxis zu Fuß zu gehen. Schweratmend läßt Du im Liegen die Untersuchung über Dich ergehen. Du bekommst ein Mittel gegen das Herzrasen verschrieben mit der Weisung an mich, bei unvermindertem hohen Pulsschlag noch am Abend Bescheid zu geben. Du legst dich freiwillig den ganzen Tag ins Bett, und das Gefühl von etwas Unabwendbarem verdichtet sich. Ich handle wie in Trance: Anrufe zu Hause, Hinunterfahren zur Talstation, um zu sehen, ob Parkplatz und Auto schneefrei sind, ein kurzer Spaziergang durch den Ort an das andere Ende, dort, wo wir vor 17 Jahren im Hotel untergebracht waren. Abends kein Essen, aber Lindenblütentee, Übelkeit, Durchfall und vermindertes Herzrasen. Irgendwann ein plötzliches Aufschrecken von Dir: »Ich hab' gerade einen Schreck bekommen, daß ich am nächsten Wochenende nicht nach Südfrankreich in unser Haus fahren kann!« Ich: »Du bist vielleicht gut, ich mache mir Gedanken, wie ich Dich morgen nach Hause bringe!«

Du liegst unruhig, greifst nach meiner Hand. Ich lese Dir vor, die halbe Nacht.

Gegen Morgen werde ich durch einen lauten Schlag wach: Auf dem Weg zum Bad ist Dir schwindlig geworden und Du bist umgefallen. Als ich Dir hochhelfe, schaust Du mit großen erstaunten Augen um Dich: »Wo bin ich?« Als Du kurz danach neben dem Bett – Du hast einen unendlichen Durst, bist ständig auf dem Weg zum Wasserhahn – bewußtlos zusammenbrichst, ziehe ich mich in aller Eile an und laufe zur Rezeption. Es ist noch früh, und keiner ist da. Ich klingele die Nachtglocke, und unser letzter gemeinsamer Tag beginnt.

Ich bin sicher, daß Du keine Schmerzen hattest, fühle heute noch den Frieden und die Einigkeit, uns zu zweit allein zu haben.

Ich liebe Dich und begleite Dich auf Deinem Weg – welch ein Trost, der hilft, das aufsteigende Entsetzen über das, was kommt, abzumildern. Dieser Tag ist für mich sehr zwiespältig in meinem Seelenarchiv abgespeichert – ein Alptraum in Weiß und Schneeflocken und ein Abschied, der der Ausschließlichkeit unserer stürmischen Anfangszeit entspricht. *Aber:* Ich darf diese ganzen Tage, jede Minute an Deiner Seite sein. Mein Gott, wie ich Dich liebe! Und: Du, Deine Seele weiß sehr gut, daß ich Dich gehen lassen werde, wenn es sein soll, ohne meine Begleitung aufzugeben. Nur jetzt durchhalten und nicht zusammenbrechen!

Die Ereignisse überstürzen sich: ein Hubschrauber kann nicht landen wegen des dichten Nebels und Schneetreibens. So wirst Du mühsam auf einer Bahre die engen Hotelstiegen hinuntergetragen, einmal droht sie fast zu kippen. Draußen halte ich den Schirm über Deinen Kopf, die warme Hotelbettdecke schützt deinen Körper. Die Umgebung, die Luft, alles ist weiß, verschwimmt ohne Übergang ineinander, es gibt keine Abgrenzungen und Konturen. Das Warten auf die zweite Gondel beim Umsteigen hat etwas Groteskes. Die Träger unterhalten sich über banale Alltagsdinge; ich knie neben Dir, betrachte Dein liebes Gesicht. Die Augen sind geschlossen, Du bist nicht ansprechbar, Dein Atem geht schwer. Als sich der Krankenwagen mit Martinshorn in Bewegung setzt, verläßt mich kurz die Beherrschung und ein verzweifeltes Schluchzen steigt in mir hoch.

In der Klinik wirst Du umgebettet und kommst auf die Intensivstation. Eine sofort angelegte Sauerstoffmaske sowie Infusionen sorgen für eine spontane Besserung Deines Zustandes: Die Hautfarbe wird wieder rosig, Deine Blicke sind klarer, das Bewußtsein kehrt phasenweise zurück. Du bittest mich, zu Hause anzurufen und Deinen Mittwochunterricht an der Verwaltungsschule abzusagen, die Telefonnummer der Schule fällt Dir nach längerem Überlegen auch ein. Während der Untersuchungen verlasse ich das Zimmer, schaue durch die hohen Verglasungen in die Winterlandschaft, rauche vor der Eingangstür und telefoniere mit den Kindern.

Christoph hat in seiner angstvollen Nervosität zu Hause angefangen, Fastnachtsküchelchen zu backen. Sie sind nicht mehr allein, Freunde haben sich um sie geschart, sie kümmern sich um mögliche Zugverbindungen, reden zusammen. Ich komme zu Dir zurück ans Bett, halte wieder Deine Hand. Du drehst den Kopf zu mir herum und sagst, schweratmend und schwer verständlich durch die Sauerstoffmaske: »Versprich mir, daß wir hinterher noch spazierengehen, versprich mir, daß wir noch über die grüne Wiese gehen ...!« Ich nicke, dränge die Tränen zurück, an den Grenzen meiner Selbstkontrolle. Draußen schneit es in dicken Flocken.

Um vier Uhr bittet mich der Arzt zu einem Gespräch: Die Herztätigkeit stabilisiert sich nicht trotz der starken Mittel und des Anfangserfolges, Leber, Milz, Niere, Blase arbeiten nicht mehr, die roten Blutkörperchen sind drastisch gesunken, jeder kleinste Schnitt kann zum Verbluten führen. Ich soll auf jeden Fall auch die Nacht bei Dir bleiben und mir ein Hotel in der Nähe besorgen.

Ich stürme voller Panik und Tränen zu Deinem Bett zurück, und obwohl vorher wenig ansprechbar, dreht sich Dein Kopf sofort zu mir, und Du wirfst mir einen langen, forschenden Blick zu. Wir sprechen nichts. Als ich mich kurz darauf am Fußende Deines Bettes mit dem Pfleger über die Kosten und telefonische Reservierung eines Hotelzimmers unterhalte – die Geräusche im Zimmer sind durch das Sauerstoffgerät und Dein Atmen bestimmt, und unsere Unterhaltung läuft im Flüsterton – kommt es zu einem kurzen Disput: Du: »Wieso zwei Hotelzimmer? Wir fahren doch morgen wieder nach Hause!« Ich: »Morgen geht das noch nicht und Christoph und Kati kommen, um Dich zu sehen und uns bei der Heimfahrt zu helfen.« – Du:

»Soviel Geld soll das kosten?« Ich: »Es ist doch für drei Personen!« Du: »Aber ich muß es zahlen!«

Dann verlangst Du wieder etwas zu trinken, Dein Durst ist unstillbar. Mit dem Strohhalm ziehst Du den Tee gierig ein. »Ich möchte Champagner mit Dir trinken!« – »Morgen, Liebster, morgen.« Dein Kopf geht wieder auf die linke Seite, und mit geschlossenen Augen gleitest Du erneut hinüber in diese andere Welt.

Ich besorge mir das nötigste Waschzeug in dem kleinen Krankenhausladen, beziehe das Hotelzimmer und nehme dort eine Dusche. Als ich um halb sieben zu Dir zurückkomme, ist die Nachtschwester da, und Dein Zustand hat sich weiter verschlechtert. Ich halte Deine Hand und beruhige Dich und mich, sage leise zu Dir: »Es wird alles gut, es wird alles gut ...« Dein Kopf dreht sich noch einmal zu mir, Deine Augen schauen mich an, jetzt schon verschwommen: »Das weiß ich doch.« Und dann: »Halt mich nicht fest!«

Dann geht alles sehr schnell – Du keuchst mit rotem Kopf, ich rufe um Hilfe, zwei Ärzte stürzen zu Dir, drehen Dich auf die Seite, beschließen: »Wir fliegen ihn sofort in die Uniklinik nach Bern, wir probieren eine Lebertransplantation!« Ich stürze zum Telefon im Erdgeschoß, rufe die Kinder an: »Ihr dürft nicht nach Interlaken fahren, ihr müßt nach Bern fahren. Es sieht ganz schlecht aus.« Da sehe ich durch die Glastür der Telefonzelle die Schwester die Treppe hochkommen: »Kommen Sie bitte runter, Frau Jungfleisch. Es ist vorbei.«

»Papa ist tot.« Ich lasse den Hörer in die Gabel fallen und gehe zu Dir.

Hast Du die eine Minute, die ich weg war, genutzt, um zu gehen?

Du liegst im Bett mit einem Ausdruck des Staunens und der Ungläubigkeit auf dem Gesicht: So also ist es, wenn man hinübergeht ...

Man hat bereits alle Schläuche und Apparate entfernt, in dem Zimmer ist Frieden. Als ich an Dein Bett trete, habe ich das intensive und plötzliche Gefühl, doppelt »gespeist« zu werden – und dieses Gefühl soll mich ab jetzt nicht mehr verlassen: ich spüre über den Scheitel meines Kopfes eine unglaubliche Energie in mich hineinfließen, und es breitet sich Liebe und Wärme in mir aus. Ich weiß es schlagartig: Ich kann Dich nie, nie mehr verlieren, denn Du bist ein Teil von mir. Und gleichzeitig fühle ich, als ich dich und deinen geliebten Körper anschaue, daß Du *das* nicht mehr bist, Du hast dieses Haus verlassen und bist doch gleichzeitig intensiv spürbar, hier, in diesem Raum, in mir selbst.

Man läßt uns beide allein und ich habe Zeit, Abschied zu nehmen. Ein Anruf wird mir über ein Telefon gebracht, und so sind auch unsere beiden Kinder bei uns, als wir zum letzten Mal in dieser Form beieinander sind. Ich streichele Dich, decke das Laken zurück, rieche an Deinen Haaren, fahre mit den Fingerspitzen die Abdrücke nach, die die Sauerstoffmaske an Deinen Schläfen hinterlassen hat.

Mein Gott, ich werde nie aufhören, Dich zu lieben!

Später erteile ich die Erlaubnis zur Obduktion, da die Ärzte vor einem völligen Rätsel stehen, nehme ein Schlafmittel, trinke ein Glas Wein auf Dich und schlafe irgendwann ein. Und der Schmerz beginnt.

Am nächsten Morgen ist es wie ein Wunder, als die Kinder und unsere Freundin um halb neun in mein Hotelzimmer stürmen – trotz vereister Straßen und Schneefall überall haben sie mit Auto und Zug in der Nacht den Weg hierher geschafft, um mich zu stützen und Dich zu sehen. Wir gehen sofort ins Krankenhaus, damit sie Abschied von Dir nehmen können in dieser kalten, eisigen Halle, in die sie dich geschoben haben, eingewickelt in weiße Laken; nur Dein Kopf schaut heraus, seltsam breit und kastig und ohne die Schönheit des Todes, als das Staunen Dich ergriff. Es ist Mittwochmorgen, und die Zeit bis zu unserer Heimkehr am Donnerstagnachmittag ist angefüllt mit Erledigungen.

Wir suchen einen einfachen Sarg aus, treffen auf dem Weg zur Talstation Freunde aus Saarbrücken, die das Unfaßbare nicht fassen können, räumen in unserem Hotelzimmer, das noch so unaufgeräumt ist wie nach Deinem Sturz in die Bewußtlosigkeit, alles in die Reisetaschen, suchen Skier zusammen, nehmen mitfühlende und ungläubige Worte entgegen.

Abends liegen die Kinder und ich dicht beisammen, wie in früheren Kindheitstagen. Wir weinen, weinen, weinen und reden ununterbrochen von Dir. Wir halten uns an der Hand, und Du bist mitten unter uns. Jeder hat eine Jacke oder einen Pullover von Dir im Arm. Und so schlafen wir irgendwann ein, und wir sind voller Trauer, aber auch voller Trost, daß wir von Dir begleitet und geschützt werden, und wir wissen, daß diese Gewißheit uns doch nicht davor bewahren wird, Verzweiflung und Schmerz auf dem Weg der Trauer zu erfahren, immer wieder.

Über den Tod hinaus

Und so nimmst Du Kontakt auf zu mir, schon in diesen ersten Tagen nach Deinem Weggang. Kaum sind wir Donnerstagabend zu Hause angekommen, klingelt es – das Telefon und die Haustürglocke – Freunde. Wir rücken ganz eng zusammen, erzählen von unseren Erlebnissen mit Dir, lachen und weinen zusammen. In manchen Augenblicken ist es wie auf einem ausgelassenen Fest an diesem Abend, so dicht und berauschend ist all das, was so schön mit Dir war.

Und auch das sind die Augenblicke, wo ich mich so reich fühle, so reich an Liebe, Zugehörigkeit zu Dir, unseren Kindern, unseren Freunden, guten wie auch lehrreichen und schmerzhaften Erfahrungen. Welch volle zwanzig Jahre haben wir miteinander erleben dürfen, welch ein Fundus für ein Weiterleben ohne Dich! Und da sehe ich Dich: Du stehst neben dem Küchentresen, schaust in unsere aufgewühlte Runde und Dein Blick sagt: »Und wo bleibt mein Glas Wein? Ich gehöre doch dazu ...«

Am nächsten Morgen, als ich von einem Freund eine Chakra-Therapie bekomme und mit geschlossenen Augen daliege, sehe ich Dich ins Licht gehen: Das Bild ist von gleißendem Licht ausgefüllt, und Du in der Mitte – ein weißes, lichtvolles Wesen, viel größer als in Deinem realen Leben; Du gehst, mir mit dem Rücken zugewandt, weg von mir ins Licht und wirfst mir einem strahlenden Blick über die Schultern zu: »Mir geht es gut, ich gehe nach Hause ...« – das höre ich nicht, sondern diese Botschaft kommt über andere Antennen bei mir an, wirklicher als das gehörte Wort.

Und in diesem Moment weiß ich auch, was schon lange in meinem Bewußtsein und in meinem Herzen lebt: Niemals kann Energie, und vor allem Liebesenergie, verlorengehen. Und so, wie ich in vielen Momenten auf unserem gemeinsamen spirituellen Weg Dich stützen und leiten durfte, so hast Du von höherer Warte jetzt den Part übernommen, mein Begleiter und Beschützer zu sein, und Du bringst Dich mir zu Gehör, immer wieder ... Wie gut, daß wir so einen freien Kanal zueinander haben, und wie gut, daß wir alle Vorarbeit dazu in den letzten Jahren geleistet haben!

Und auch unsere Freunde empfinden und erleben ähnliches in der Zeit um und nach Deinem Tod: Einige erzählen, daß sie am Abend Deines Sterbens in der Schweiz (scheinbar grundlos) von tiefer Trauer erfüllt waren, weinten und nicht wußten, woher diese Gefühle kamen. Ein Freund aus lang gewesenen Tagen schrieb mir einen langen Brief – er hatte nur noch ein bis zwei Mal pro Jahr Kontakt zu Dir, wenn Euer gemeinsames Berufsfeld euch zusammenführte. Und gerade ihm widerfuhr etwas ganz Seltsames und Bedeutungsvolles: An jenem Abend schaute er sich einen mexikanischen Western im Fernsehen an und wurde durch einen der Hauptdarsteller ständig an Dich erinnert: Dein indianisches Aussehen, Dein Temperament – voller Feuer, Abenteuerlust und Risikobereitschaft. Auch er wurde ohne für ihn erkennbaren Grund tieftraurig. Und dann »riß« plötzlich der Film, das Fernsehbild wurde schwarz ...

All das schreibt er mir in einem langen Brief. Wie eng verbunden warst und bist Du doch mit uns allen! Sehr oft, immer noch und immer wieder fühlen Dich unsere Freunde plötzlich bei sich: beim Autofahren, in einer Meditation oder einem anderen Moment, der Ruhe und Rückzug gibt. Und immer ist es ein sehr tröstliches Gefühl von Kraftgeben und dem Trost, daß wir alle nicht alleine sind, sondern ständig umgeben und begleitet von nicht sichtbaren Wesen aus einer anderen Welt, die so viel größer ist als unsere.

Die Trauerfeier und die Vorbereitungen dazu, sie halten die Kinder und mich auf Trab – und für die Zeit des Beschäftigtseins weg von dem Schmerz.

Da wir beide schon vor längerer Zeit aus der Kirche ausgetreten sind, sind wir auf einen Pfarrer mit viel Menschenliebe und Toleranz angewiesen und finden ihn auch in Deiner ehemaligen Heimatgemeinde. In einem Vorgespräch unterbreite ich ihm alle Freundesangebote an Reden und musikalischen Zwischenauftritten und merke meinen Planungsfehler erst, als er am Schluß freundlich meint: »Das ist alles sehr schön, aber welchen Part haben Sie mir denn zugedacht ...?«

Ich wünsche mir, daß es ein Abschied wird, der Dich ganz und gar würdigt, frei von falschen Konventionen, und so wird es auch: Zwei Freunde halten eine Rede auf Dich, jeder von einem anderen, seinem Stand der Freundschaft entsprechenden Ansatzpunkt aus, und so entsteht ein Bild, das Dir und Deinen Stärken gerecht wird. Dazu eine wunderbare Rede aus der Staatsanwaltschaft, warm und kompetent. Der Pfarrer mit Gedanken zum Tod. Und dazwischen die wunderschönen Klänge von Orgel, Querflöte, Geige und Kontrabaß – Freunde haben sich eine Stunde vor Beginn der Trauerfeier zusammengefunden. Sie haben sich noch nie zuvor gesehen, sind aber alle Meister ihres Instruments – und diese kurze Zeit des Einspielens hat gereicht, um wunderschöne Klänge der Wehmut, Sehnsucht, Ernsthaftigkeit, Trauer und Freude hervorzubringen.

Diese Freunde sind noch beim Üben, als wir und die ersten Ankommenden die Einsegnungshalle betreten. Wir hatten mit knapp zweihundert Menschen gerechnet, gekommen sind rund 350 – welch ein Strom aus allen Phasen Deines Lebens, und der Raum ist bei aller Größe viel zu klein, so daß ein Großteil vor der Halle bleiben muß und so weder die Reden noch die Musik hören kann.

Zum Klang von »1492 – Aufbruch ins Paradies« – Deine Lieblingsmusik, und nichts anderes wäre zum Schluß passender als dieses Thema zu Beginn Deines eben begonnenen Weges –, da nehme ich wie durch einen Nebel die unzähligen Gesichter wahr, viele so lange nicht mehr gesehen, und Deine Präsenz in mir und Katrin und Christoph neben mir tragen mich, und alle sind wir verbunden in diesem Verlustschmerz, denn wie früh bist Du gegangen!

Nicht nur heute, sondern in der gesamten darauffolgenden Zeit erlebe ich mit den anderen mir und Dir nahestehenden Menschen dieses Phänomen: verbunden in diesem schmerzlichen Verlustgefühl und gleichzeitig diese glückliche Dankbarkeit, mit Dir so viel Weg gemeinsam gegangen und dadurch so reich, so unendlich reich beschenkt worden zu sein; das Herz wie eine einzige schmerzende Wunde, Dich nicht mehr ständig neben mir zu haben mit den unzähligen täglichen Gespräche, den vielen körperlichen und seelischen Berührungen; und dann auch gleichzeitig das völlige Durchdrungensein von Deiner permanenten Gegenwart, die mich umhüllt und umfängt wie ein schützendes Cape, das mir jede Bewegungsfreiheit läßt und doch jeden Schutz und alle Wärme gibt – unverrückbar und immer. Und beides, der Schmerz und das Gefühl völligen Alleinseins, wie auch die ständig durchblitzenden Trostworte *Ich bin bei Dir* wollen und müssen durchlebt werden.

Und so lerne ich durch Dich, der Du der Wanderer in meiner Seele bist, und durch Deinen frühen Tod eine scheinbar widersprüchliche Erfahrung: Als wir uns begegneten und zusammentaten, hatte ich zum ersten Mal in meinem Leben das Gefühl, zu Hause angekommen zu sein. Unvorstellbar und nicht zugelassen bis zum Schluß der Gedanke, Du könntest vor mir gehen (hatte ich doch nach dem frühen Tod meiner Eltern und drei Fehlgeburten in späteren Jahren das Gefühl, nun endgültig genug Verlusterfahrungen in meinem Leben gemacht zu haben!). Und dann gehst Du zuerst!

Und doch ist es dieses Mal anders, denn die Verbindung zu Dir reißt nicht ab, sondern es geht weiter, und so habe ich einen ganz besonderen Schutzengel und Berater höheren Ortes dazubekommen, und der Glaube an eine unendlich große »Welt« hinter dieser Welt und an eine Kraft, die sie lenkt in unendlicher Güte, Liebe und Weisheit, hat durch Dich Fleisch und Blut bekommen und ist Teil meiner Wirklichkeit geworden.

Der Tod ist nichts, was uns Angst machen müßte – *das* nur den Menschen, die ihn als den Schnitter erleben, der den Lebensfaden unwiderruflich abschneidet, und die glauben, daß damit die Einmaligkeit des gegangenen Menschen ein unwiderrufliches Ende hat. Das hat sie auch. Aber nur in dieser Hülle, dieser Ausprägung und Kombination von Seele und Geist mit dem entsprechenden Körper und seinen Prägungen und Lebenslinien, vor allem im Gesicht so einprägsam und spätestens ab dem Moment des Todes so schmerzlich vermißt, immer wieder, in so vielen Momenten des weiteren Lebens, die gelebt werden wollen und müssen ...

Der Tod ... schlimmer für die zu ertragen, die bleiben als für die, die gegangen sind.

Auch ich kann Abschiede besser ertragen, wenn ich der bin, der geht, und nicht der, der am Straßenrand steht und winkt, um anschließend in das verlassene Haus zurückzukehren. Denn ab jetzt gilt es, ohne die Gegangenen und ihre zurückgebliebene Schwingung, die ausgetretenen Schuhe, ihren so eigenen Geruch in den Kleidern, ihre Gebrauchsgegenstände, das Lachen in der Luft, ihr Grollen, gerunzelten und schweigsamen Stirnen, ihre Ausdrucksformen des Rückzugs zu leben – ihnen immer erneut begegnend, ohne sie fassen und halten zu können.

Da gibt es immer wieder auftauchende Filmsequenzen, die einprägsamsten Lebensmomente auf dem gemeinsamen Weg – die die Süße oder Intensität des Augenblickes zurückholen und so den Verlust stärker spüren lassen.

Da gibt es die Menschen, die ahnungslos fragen: »Wo ist er? Wir haben ihn so lange nicht mehr auf seinem Fahrrad gesehen ...« Und wieder muß man sich der Tatsache stellen, und es tut so weh.

Ich glaube, kein Mensch, der das so dicht erfahren hat, kann jemals wieder der gleiche sein. Denn es gilt, diese Spannung und diesen Druck auszuhalten, ohne zu verhärten. Ich wäre so gern auf der Stelle in die ewige Bewußtlosigkeit gefallen, um so tiefen Schmerz nicht ertragen zu müssen, und doch bleibe ich im Bewußtsein.
    Es geht auch gar nicht anders, denn da sind die Kinder, das Leben ...

Und doch ist nichts klarer, leuchtender und wirklicher als die Gewißheit, von nun an unendlich begleitet und nie mehr allein zu sein. Der Tod – er schafft eine andere Verbindung, die Verbindung zu der Welt jenseits des Sichtbaren.

Und ich weiß, daß Du höchst lebendig bist an einem anderen Ort; daß Du alles siehst und begleitest, und ich höre Dich:

Macht Euch um mich keine Sorgen,
denn ich bin zu Hause – ich bin im Licht,
und so werde ich Dich begleiten,
ich werde Dich umgeben wie ein Umhang,
der wärmt und schützt zugleich.
Und Du, Du öffne in der Gewißheit dieser Begleitung Dein Herz,
damit ich wirken kann in Dir und durch Dich,
Dir Laterne und Stab bin auf Deinem Weg durchs Leben.
Und so wirst Du weiterhin den Sinn Deines Lebens begreifen, indem
Du beim Gehen Schritt für Schritt machst und, wenn Dein Herz
geöffnet ist, das Muster erkennst, das die einzelnen Schritte weben.
Denn nur das Herz vermag
das Lebensmuster zu entschlüsseln,
und mit schlafwandlerischer Sicherheit wirst
Du auf Deinem Weg weitergehen, zu Deinem
Ziel, mit Deinen Mitteln und Gaben wirken.
Und es bedarf nicht des Kopfes
und des Verstandes, um zu wissen, was
zu tun ist, um zu wissen, was richtig und
was falsch ist. Lege alles, was Dich angeht und
beschäftigt, alle Dinge, alle Menschen, alle Entscheidungen auf
Deine Herzenswaage
und Du wirst fühlen, wohin der Zeiger ausschlägt,
was schwerer wiegt, gewichtiger ist
und wohin die Richtung geht!

Und in diesem Bewußtsein wirst Du den nächsten Schritt tun.
Und Schritt für Schritt wirst Du erkennen,
was der Plan ist hinter deinem Weg, und dieses
Wissen erweitert sich mit jedem Schritt.
Denn alle Menschen haben
einen Auftrag auf dieser Welt, und nichts und
niemand ist einfach »nur so« hier angekommen.
Und es wird Zeit, sich zu erinnern ...
Immer wieder bekomme ich von Dir Botschaften dieser Art: manchmal beginnt es während einer Tätigkeit, zum Beispiel bei Arbeiten in der Küche, wenn ich mit mir allein bin, mich äußerlich und innerlich ordne –, dann ändert sich in mir eine Schwingung, Du kündigst Dich an und ich »fühle« Dich reden.

Wenn ich aber einen gedanklichen Austausch mit Dir, ein beiderseitiges Gespräch brauche und suche, dann muß jede Ablenkung wegfallen, und ich bereite mich darauf vor wie auf ein Rendezvous. Das findet eigentlich immer abends oder nachts statt, und noch bist immer Du es, der den Anfang dazu macht. Der zweite Schritt ist mein Entschluß, mich darauf einzulassen – »Okay, ich werde da sein, ich halte mich bereit.«

Abends suche ich mir dann meinen gewohnten Platz im Wohnzimmer, verbanne alle aus der Wohnung, lösche die Lichter bis auf eines und fange an zu meditieren. Das ist die Wartehalle zu Dir, ich kann sicher sein, daß eine der Türen zu diesem Raum aufgehen wird, und dann bist Du da, froh, daß ich Dich zulasse, voller Wärme und Liebe, und wir beginnen unser Gespräch.

Meistens begrüßt Du mich zuerst und mein Herz wird groß und weit bei dem, was ich höre und fühle von Dir, und die Wärme und das Licht, das Deine Worte transportieren, tragen mich auf einem Strom unendlicher Kraft in die nächsten Tage – diese Kraft ist eine Mischung aus Lebensfreude, Liebe zum Leben, unverbrüchlichem Optimismus in den Tag und die Zukunft, und das alles wie ein Bad in perlendem Champagner – wo entsteht da der wunde Punkt, die Einschränkung, es zuzulassen?

Sie entsteht im Ego, sie besteht aus allem, was seine Motivation in Eitelkeit, beengenden Ängsten, selbstsüchtigen Erwartungen hat. Oft stelle ich Dir Fragen, vor allem und insbesondere darüber, dann sage ich Dir, was ich alles befürchte und was alles mich hindert, das zu tun, was meine innere Stimme mir rät zu tun, und ich bitte Dich, mir liebevolle und aufbauende Worte der Zuversicht und der Kraft zu sagen, damit es mir gelingt, diese Zweifel zu überwinden, und Du sagst sie mir.

Warum suche ich aber nicht viel öfter das Gespräch mit Dir? Ich bin mir noch nicht ganz auf die Schliche gekommen, aber ich habe mich im Verdacht, daß es da ein Wesen in mir gibt, das irgendwann mit dem Tod meiner Mutter und damit dem Wegzug aus meiner Geburtsstadt Hamburg und dem Bruch in meinem Leben entstanden ist, Stück für Stück aufgebaut wurde und ein Schild um den Hals tragen könnte, worauf steht: »Ich vertraue keinem, wenn es wirklich um Tieferes geht. Ich habe Eisenbänder um mein Herz gelegt, um es zu schützen. Ich mache alles selbst.« Und Du, Du erreichst mich immer wieder, auch jetzt noch nach Deinem Tod! Und auch oder gerade dann, wenn ich nicht will!

In den ersten Wochen und Monaten fühlte ich mich so unendlich geführt und begleitet, und im äußerlichen Bereich klappte alles bestens, jeder der unzähligen Behörden- und Bankgänge, jede finanzielle Transaktion, einfach alles. Mein Kopf, meine

Gehirnzentrale funktionierte einwandfrei und ausnahmslos, ich war präsent und traf alle anstehenden Entscheidungen schnell und präzise, oft genug mit Hilfe unserer Kinder und der Hilfe von Freunden.

Bei alledem hatte ich immer das Gefühl Deiner dauerhaften Begleitung, und mein Glaube an Gott, an eine höhere und umfassende Liebe, Kraft und Weisheit, an ein ewiges Leben der Seele und des Geistes, an Dich in diesen anderen Sphären, war felsenfest und kraftspendend. Und dann die Nächte ... keine Nacht ohne Schlafstörung, kein Schlaf ohne unzählige Träume, die mir zumindest im Moment des Aufwachens noch im Gedächtnis waren. Oft schlief ich erst nach langen Wachpausen wieder gegen fünf Uhr ein und um sechs Uhr klingelte der Wecker ...

Die Seele vergißt nichts, auch wenn das Tagesbewußtsein es nicht immer zuläßt – das konnte ich wieder einmal in diesen zwei Jahren erfahren. Und nachts, wenn Selbstkontrolle und die Rüstung der Selbstbeherrschung abgelegt sind, beginnt sie dann ihre Arbeit, die Seele. Ich kenne das schon aus anderen Phasen, und für mich hat das durchaus etwas sehr Beruhigendes – das Wissen, daß Ereignisse und Menschen, die lebensbestimmend sind und Teil des eigenen Lebensplanes, sich nicht einfach zu den Akten unter dem Vermerk »erledigt« legen lassen, wenn der Weg noch nicht bis zum Ende gegangen ist! So kommen sie wieder – symbolhaft versteckt oder offen in Träumen und Gedanken. Auch dabei geht unsere Seele den Weg, der Schutz und eindringlichen Zugang zu unserem abwehrenden Ich ermöglicht.

Und nun, in meinem Fall, habe ich also den mir hilfreichsten und wichtigsten Menschen verloren, und *dadurch*, durch diesen Tod, Dich auf der anderen Seite als umsichtigen und stets gegenwärtigen helfenden Geist voller Liebe bekommen – eine Freundin meinte neulich: »Glaubst Du nicht auch, daß Godehard Dir durch seinen Tod erst diesen Weg, deinen neuen Weg ermöglicht hat, daß er Dir Platz gemacht hat für all das Neue, was Du jetzt begonnen hast?« Ja, ich glaube fast auch, daß es so ist. Und doch würde ich natürlich, wenn ich die Wahl hätte, einen lebenden Godehard einem toten vorziehen ...

Auch wenn die Zeit nach Deinem Weggang nicht nur die der Trauer und des Schmerzes war, sondern auch die der Wut und der Ablehnung. Denn so, wie Träume und Tagesgedanken all die schönen und reichen Momente unserer gemeinsamen Jahre hervorholten, so kamen auch die verletzenden, schmerzreichen Ereignisse voller Trennungswünsche hervor. Und wenn mich in dieser Zeit jemand vorsichtig fragte: »Wie geht es Dir?«, dann habe ich ohne viel Nachdenken geantwortet: »Schlecht. Ich habe Krach mit Godehard.« Und es war auch in dieser Zeit der Verarbeitung, daß ich Dich nicht immer hören wollte und die Tür zugemacht habe.

Aber Du hattest und hast Deine Wege, Kontakt aufzunehmen, und in solchen hartnäckigen Ablehnungsphasen erreichst Du mich über die *Telefonträume*.

Das erste Mal, drei Monate nach Deinem Tod, hatte ich einen wirren Traum, der in einer südlichen Stadt spielte. Ich war auf dem Weg zum Flughafen, als ein Radfahrer auf mich zufuhr und sagte: »Frau Jungfleisch, ihr Mann möchte sie sprechen.« »Wo?« – Ich weiß noch, wie froh und erstaunt ich war in der plötzlichen Hoffnung, Dich wiederzusehen, aber das war nicht der Fall, denn die Antwort lautete: »In der Telefonzelle zwei Straßen weiter. Er wartet auf Ihre Antwort, er ist in der Leitung, und der Hörer liegt bereit ...« Indem ich mich auf die Suche nach besagter Telefonzelle machte, wachte ich auf.

Der zweite Traum war kurz nach meiner Abschlußfahrt mit der letzten Klasse, die ich hatte. Wir waren fünf Tage in Holland zum Segeln gewesen, und ich hatte mein Handy dabei gehabt, um für die Kinder erreichbar zu sein. Mein Traum: Schüler und ich wurschteln in der Schiffsküche rum, kochen, spülen, räumen auf, als plötzlich das Handy klingelt (in der Realität hatte ich es nur einmal für zwei Stunden eingeschaltet!) und ein Schüler, ohne dranzugehen, ruft: »Frau Jungfleisch, Ihr Mann will Sie sprechen!« Ich wachte sofort auf und wußte, daß der kommende Abend für ein Treffen mit Dir reserviert sein würde.

Seit damals weiß ich, daß auch Kummer und Ablehnung die Verbindung zu Dir nie werden abschneiden können. Trotzdem brauchte ich noch lange Zeit, um mit mir und mit Dir ins Reine zu kommen, und ich fange erst jetzt an, meinen Frieden zu finden. Diese zwanzig Jahre mit Dir – es hatte für mich immer den Anschein, daß mein ganzes Leben vor der Zeit mit Dir mit einer Zwangsläufigkeit zu dem Moment führte, in dem wir uns in die Arme nahmen und zusammentaten in dem erleichterten Gefühl: Ah, da bist Du ja endlich ... ich habe schon so lange auf Dich gewartet ...

»Und jedem Anfang wohnt ein Zauber inne«

In den letzten Monaten hat sich die Wirklichkeit meines Erlebens von Dir verändert: Es reichte nicht mehr meine pure Sehnsucht oder Absicht, um Dich treffen zu können. Wo bist Du ? Oder bin ich es, die nicht ganz dabei ist, nicht intensiv genug wünscht oder genug Geduld und Demut hat, um Dich zu treffen?

Wenn Du mir dann begegnest, ist das, was ich von Dir wahrnehme, so verändert – licht, nicht greifbar. Wie eine rosa-weiße Wolke, durch die sich das Sonnenlicht bricht, und sie beginnt, sich in durchscheinenden Schleiern aufzulösen und zu verflüchtigen.

Gehe ich mit dem Verstand daran, verschwindest Du ganz.

Bleibe ich in meinem Herzen und Gefühl, so wird Deine Präsenz stärker und deutlicher fühlbar.

Und immer mehr zielt Deine Energie auf meine eigenen Antworten ... »Die Antwort ist in dir ...«

Ich weiß nicht, warum mich das bisweilen so unzufrieden zurückläßt, statt mir den tiefen Frieden des inneren Reichtums und der inneren Führung zu geben. Es ist wohl so, daß eine äußere Reaktion bei weitem mehr Autorität und Überzeugungskraft für meine Ängste und Zweifel hat als jedes fühlbare innere Geländer. Und dabei hat mich doch letzteres immer zu den richtigen Menschen und Umständen geführt ...

Der Erwachsene in mir flüchtet und überläßt meinem inneren Kind den ganzen Raum.

Nichts scheint mir in solchen Momenten verlockender, als an die Hand genommen und geführt zu werden.

Doch ich weiß, daß ich mein Ziel, innerlich frei und unabhängig zu werden, nicht nur über die Fähigkeit zu vertrauen erreiche. Das sind die Momente des Geschehenlassens und Tun ohne Tun.

Nein, ich weiß, das Handeln im richtigen Moment, indem ich auf die eigene innere Instanz höre und bereit bin, Verantwortung zu übernehmen, das muß ich immer wieder üben. Und ich weiß, daß ich dazu immer erneut in die innere Ruhe gehen muß, denn nur dort finde ich alles, was ich brauche. Oh ja, ich erinnere mich ... Ich finde, Du könntest mir in den allzu aktiven Zeiten, wenn ich es buchstäblich vergesse, mich zurückzuziehen, ein Zeichen geben. Und da ich weiß, daß dieser Impuls so wahrscheinlich nicht stark genug ist, werde ich mich heute abend mit Dir verabreden und das dann genau mit Dir besprechen.

Ich bin auf diesem Weg, mehr denn je.

Mein inneres Kind weint noch manchmal und braucht viel Schutz und Aufmunterung, aber wenigstens braucht es kein Schattendasein mehr zu führen und sich nicht mehr zu verstekken. Ich habe wohl endlich die »Erziehungsverantwortung« für diesen Teil von mir übernommen, nachdem ich lange Jahre gar nicht das Bewußtsein davon hatte.

So viel ist passiert, seit Du gegangen bist, mein Liebster!

Und ich bin mir nicht darüber im klaren, wie groß der Anteil ist, mit dem Du mich aus dem Hintergrund begleitest.

Vor drei Tagen bin ich mit Kati hierher gefahren, in unser Haus im Süden.

Er zeigt sich bisher sehr unwirtlich, der Süden. Eiseskälte um null Grad und ein scharfer Tramontane empfingen uns, wenn auch zunächst bei blauem Himmel und strahlender Sonne.

Wir kämpfen seitdem mit dem Thermometer im Wohnzimmer und haben in den ersten 24 Stunden die Temperatur im offenen Wohnraum immerhin von sechs auf vierzehn Grad heben können.

Zwei dicke Wollpullis übereinander angezogen sind Pflicht, auch nachts, wenn ich in meinen eiskalten Adlerhorst oben unterm Dach hochsteige, wo ich nicht mehr als wenige Grad über null erwarten darf.

Kati und ich haben die vielen Bettdecken des Hauses gerecht unter uns aufgeteilt, und ich bilde mir vor dem Einschlafen ganz fest ein, Dich als mein lebendes Heizöfchen ganz nah bei mir zu haben, so daß ich mich wärmen kann. Weißt Du noch ...? Gestern hat die Kraft dieser Erinnerung gewirkt, ich schlief zufrieden und angewärmt ein.

Der erste Gang dann morgens runter in die Küche – das war immer Dein Part gewesen. Ich blieb dann oben noch verschlafen im Bett liegen und genoß die Geräusche, die von unten durch unser offenes Haus nach oben drangen: Wasserkessel für frischen Kaffee aufsetzen, die Kamintür öffnen und mit der Eisenschaufel die Asche zusammenscharren, damit sie durch den offenen Rost in die Schublade darunter fällt, dann das Hinausbringen der übervollen Schublade zum Ausleeren im Wassergraben vor dem Haus. Dann erneutes Beschicken des Kamins mit unserem wurmstichigen Holz aus der Scheune – dort läßt es sich eine Holzwurmfamilie seit Jahren an unserem aufgeschichteten Holz gutgehen. Und wenn wir uns nicht bald etwas einfallen lassen, züchten wir eine ganze Dynastie da draußen, und der Brennwert unseres Holzes sinkt weiter.

Dann rieche ich den Kaffeeduft, der bis unters Dach zieht, und da bist Du auch schon, liebevoll die erste Tasse duftenden Kaffees balancierend, und Du weckst mich zum zweiten Mal.

Weißt Du noch?

Heute bin ich es, die diese Handgriffe macht, und es ist Dein Geist dabei, der mich beseelt und mich wärmt.

Nirgendwo bist Du so direkt und intensiv spürbar wie hier, in diesem Haus und diesem Gelände. Es war Dein »Kind«, von Anfang an, und es hätte keine bessere Pflege zum Gedeihen und Wachsen bekommen können als durch Dich.
So sind überall Deine Spuren sicht- und fühlbar.
Als ich gestern von einem Spaziergang hinunter zum Fluß und zu der alten, lichten Kirchenruine zurückkam und unser schmales Gelände betrat, durchflutete mich dieses Gefühl Deiner Anwesenheit ganz und gar, und alle Pflanzen– die Orleanderbüsche, die selbst gezogenen Zitronen- und Avocadobäume, die Pinie, der Mimosenbaum, der Eukalyptus und die Palmen, alle von dir so liebevoll gesetzt und großgezogen – sie wiegten sich so anmutig im Wind und schienen mir Grüße von Dir zuzuwinken ...
Du hattest eine selbstentworfene Bewässerungsanlage installiert, und in den Zeiten unserer Abwesenheit wurden sie so reichlich genährt mit dem Wasser aus einem unserer beiden Brunnen.
Dich hat immer der Gedanke fasziniert, hier unten autark leben zu können. Du dachtest dabei an die wildwachsenden Früchte des Landes – Feigen, grüner Spargel, Weintrauben und Wein – und tatest durch das Anpflanzen der aus Kernen gezogenen Avocado- und Zitronensprößlinge das Deine dazu, um hier paradiesische Zustände entstehen zu lassen.
Es *war* Dein Paradies.
Und die Pflanzen, sie taten Dir den Gefallen. Sie wuchsen und gediehen explosionsartig, so daß wir oft genug zurückschneiden mußten und unser geflügelter Spruch wurde, daß Du ein Abkommen mit den Naturgeistern haben müßtest, die Dich tatkräftig unterstützten. Du warst so selig hier ...
Überhaupt, dieses Land und dieser Boden ... All das scheint eine lebende Metapher für »weniger ist mehr«, für Einfachheit,

Kargheit und Anspruchslosigkeit als Antwort auf unsere ungestillten Sehnsüchte zu sein.

Jedes Mal und immer wieder fordert es uns auf, das Glück im Kern zu finden, und wir brauchen nur die hiesigen Bewohner, die vorwiegend Weinbauern sind, zu beobachten, um aus der Ruhe ihres Tuns und den gelassenen eingebauten Schwatzpausen zu lernen.

Wie weit dagegen sind wir oft mit unserem schnellen und übereiltem Tun von unserer Mitte entfernt!

Knorrig wie der Wuchs der Reben
Scheint auf einmal alles Leben
Durst steigt in die trockne Kehle
Und den Hunger unsrer Seele
Stillt des Landes Eigenheit
Und die Anspruchslosigkeit.
Noch zu groß sind unsre Schritte
Wären kleiner sie, die Mitte
Bliebe weniger entstellt.
In uns liegt die ganze Welt.

Einer unserer Hausgäste hat uns diese Zeilen gedichtet und ins Gästebuch geschrieben. Sie drücken all das aus, was den Zauber dieser Landschaft ausmacht und was hier mit den Menschen geschieht.

Auf meinem Gang durchs Gelände zupfe ich hier und da ein Unkraut zwischen dem Kies aus und lasse mich dann unter dem schützenden Lorbeerbaum in der Sonne nieder.

Ein heiliger Baum. Von der Seite aus gesehen hat er die Form eines Herzens, dessen Spitze in den Himmel ragt.

Hier ist ein wunderbarer Ort, um zu meditieren und in die innere Ruhe einzukehren.

Ich schließe die Augen, und Szenen der letzten vier Jahre steigen in mir auf.

»Das Leben geht weiter« und »Die Zeit heilt alle Wunden« – das ist so, aber diese Sätze wurden mir zum Glück nur selten gesagt.

Ich habe wieder gelernt, gerne zu leben.

Mein Tal der Tränen dauerte zwei Jahre, und als ich es mir zugestand, mündete es in einer Depression. Ich hatte den tiefen Wunsch, gehen zu dürfen. Ich fand, genug Leben gelebt zu haben. Ich wollte heim zu Dir.

Untergründig meldete sich dann jedoch eine Stimme in mir, die mich daran erinnerte, daß ich noch nicht fertig bin auf meinem Weg, daß es da noch einiges zu erledigen gibt, wozu ich mich versprochen habe ...

Immer mal wieder frage ich mich, was Dich dazu getrieben hat, die Medikamente abzusetzen, die Dich ein halbes Jahr vor Deinem Tod von Deinen Herzbeschwerden und extremer Kurzatmigkeit kurieren sollten. Es ging Dir damals plötzlich so schlecht, daß Du ohne großes Drängen von meiner Seite zu intensiven Untersuchungen zu Deinem Arzt und ins Krankenhaus gingst.

»Die sind alle ratlos und können mir auch nicht helfen«, war Deine Meinung zu den Untersuchungsergebnissen, und immer seltener nahmst Du die Medikamente, deren striktes Einnehmen Dir verordnet worden war. In mir tauchte immer häufiger eine Szene auf, die sich ein Jahr zuvor auf unserer Fahrt nach Kolumbien und Peru abgespielt hatte: Wir hatten eine Wanderung vom Machu Picchu auf dem Inka-Trail gemacht und dabei eine Rast an einer der heiligen Stätten eingelegt. Es war ein heißer Tag, und wir alle hatten Durst. An einer Quelle wuschen wir uns nacheinander das Gesicht und kühlten uns die Pulsadern der Handgelenke. Noch ehe ich es verhindern konnte, sah ich zu meinem Entsetzen, wie Du aus den hohlen Händen das eingelaufene Wasser in großen Zügen trankst ... »Godehard, nicht, Dschungelwasser ist Giftwasser ...« rief noch einer unserer Freunde ganz entsetzt, und in meinem Kopf setzte schrilles Läuten von Alarmglocken ein ...

Zwei Monate später begannen dann Deine Herzrhythmusstörungen, und das konnte mit den alljährlich auftretenden Frühjahrsallergien nichts mehr zu tun haben, denn wir hatten September. Da ließest Du Dich zum ersten Mal untersuchen. Aber es ergab sich keine beunruhigende Diagnose.

Im Jahr darauf dann diese plötzliche Schweratmigkeit mit den folgenden intensiven Untersuchungen. Erst nach Deinem Tode treffe ich Deinen Arzt. Wir sprechen die Ergebnisse des Obduktionsberichtes durch – Dein Herz zwei- bis dreimal so groß und so schwer wie normal ...

Ganz offensichtlich habest Du die Herzmuskelentzündung des Vorjahres nicht auskuriert, seist auch nicht zu den dringend angemahnten Nachsorgeterminen erschienen ... Ich falle aus allen Wolken. Mein Igel! Was hast Du Dir nur dabei gedacht?

Und kein Wort darüber zu mir! Und das bei all der Offenheit, die wir beide miteinander lebten.

Deine Seele ist ihren eigenen Weg gegangen.

Das hat meinem Weg seine neue und eigene Richtung gegeben. Und ich werde begleitet und geführt von Dir.

Gleichzeitig sind es unsere beiden Kinder, die mir auf die Sprünge helfen und immer wieder Anstöße dazu geben, neue Räume zu erschließen und dabei heiler zu werden.

Sie sind in dem Augenblick Deines Todes erwachsen geworden. Sie wurden meine Partner, liebevolle und sehr ehrliche Wegbegleiter. Ich fühle mich reich, so reich!

Mit ihrer Unterstützung habe ich meine letzte Klasse zum Abschluß geführt und bin dann gemeinsam mit diesen Schülern von der Schule »abgegangen«.

Das war das Rausgehen aus meinem Lehrerberuf, wie ich es mir immer vorgestellt hatte – in freier Entscheidung und aus einer Position der Stärke und dem Gefühl: »Es ist jetzt Zeit zu gehen.«

Aber ich wäre nicht ich, wenn ich mir als Alternative zu dem bisher aufreibenden Berufsalltag nun Tage voller Müßiggang vorgestellt hätte.

Ich überließ mich wieder einmal meiner inneren Führung und wusste: Ich möchte und werde zur Ruhe kommen, ich werde mir die Zeit und den Raum für die Verarbeitung eines Lebens ohne Dich geben, ich werde darüber schreiben (der Titel eines möglichen Buches kam mir in den letzten Schultagen, mitten in einer dieser katastrophalen Französischstunden!), und ich werde anfangen, eine neue Ausbildung im psychologischen Bereich zu beginnen. All das zusammen, mit den 24 Jahren meiner Berufserfahrung und der Summe all dessen, was ich in diesem Leben lernen mußte, schien mir ein komplexes und stimmiges Fundament für einen neuen Anfang zu sein.

Die aufkommenden Zweifel und Einbrüche konnte ich ohne Einschränkung immer wieder mit meinen Kindern und meinen treuen Freunden besprechen – auch da war und bin ich reich gesegnet. So entferne ich mich langsam weg von den Phasen der umtriebigen Angespanntheit und des Überdeckens von auftauchenden Problemfeldern durch ständigen Aktivismus.

Ich habe diese neue Ausbildung angefangen und durchgezogen. Und dabei schicksalhafte Begegnungen erfahren, aus denen neue Freundschaften entstanden sind. Gemeinsam mit diesen Menschen, von deren Existenz ich bis zu Deinem Tod noch gar nichts wußte, habe ich mich nun auf diesen Weg einer neuen Lebensgestaltung begeben. Ich bekomme von ihnen jede Menge Anregung und Unterstützung, und es ist, als kennen wir uns seit Ewigkeiten.

Ich habe die Tür geöffnet und einen neuen Raum betreten, und plötzlich wird das ganze Haus von Licht durchflutet, und hier, aus der Position dieses neuen Raumes, habe ich einen Überblick über alle Nischen, Flure, winkligen Abgänge, Verbindungen zwischen den Zimmern.

Und ich erkenne: Alles hängt zusammen, nichts ist abgetrennt, jeder Teil wird genährt und ist im Fluß des Lebens, alles zusammen ergibt *ein* Ganzes.

Diese Erkenntnis *erfahre* ich ganz wortwörtlich, als eine meiner neuen »alten« Freundinnen, die aus meiner Heimatstadt kommt, mich wie nebenbei nach einem langen Ausbildungstag fragt:

»Wo hast du denn damals in Hamburg gewohnt?« Und auf meine ungefähre Antwort hin reagiert: »Oh, da wohnt eine gute Bekannte von mir. Sie hat dort als Ärztin eine Praxis!«

Ich falle innerlich vom Stuhl – es ist die Praxis meiner Eltern einschließlich der Wohnung, in der ich meine Kindheit verbracht habe!

Mit klopfendem Herzen stehe ich zwei Monate später in dieser Praxis. Unsere damalige Zweizimmerwohnung wurde in die nun vergrößerten Praxisräume integriert, und ich befinde mich in unserer ehemaligen Küche, als ich mich am Empfangstresen mit den Sprechstundenhilfen unterhalte.

Ich erfahre von ihnen, daß erst vor kurzem eine alte Patientin gestorben ist, die immer wieder von meiner Mutter erzählt hat, bei der ihre Behandlung begann, und daß meine Mutter die erste in einer Reihe von Ärztinnen war, die diese Praxis geführt haben. Und ob denn mein Vater immer die Patienten mit dem Fahrrad besucht hätte ...? Da muß ich passen, das weiß ich nicht mehr.

Ich darf trotz des laufenden morgendlichen Praxisbetriebes einen kurzen Gang durch die Räume machen. Einiges ist unverändert, wie in meinem inneren Archiv abgespeichert:

der Raum, in dem Vati und Mutti ihre Patientengespräche geführt haben, die Treppe in den Keller, die wir so angstbelegt als steilen Abstieg in die Unterwelt empfunden haben ...

Aufgewühlt verlasse ich mit meiner Freundin den Ort meiner Kindheit. Ich habe ihn nun endgültig zurücknehmen dürfen in mein Inneres. Welch ein Geschenk! Eine schönere Bestätigung meines neuen Weges hätte der *Vater* mir nicht bescheren können.

Und er belohnt mich reich.

Unsere Kinder – sie sind großartige Menschen, und ich bin nicht nur eine ganz und gar stolze Mutter, sondern auch ganz und gar dankbar dafür, mit ihnen mein Leben teilen zu dürfen.

Sie geben mir mit ihrer Wärme und Lebenskraft immer wieder genau den Stups, den ich brauche, um weitergehen zu können.

Aber das weißt Du ja alles. Du begleitest sie von da oben, hast Kati in ihrer Ruhe und ihrem Durchhaltevermögen bestärkt, als sie in den letzten Monaten ihr Abitur gemacht hat.

Jetzt will sie sich für ein Medizinstudium bewerben ... Es schließen sich Kreise ...

Meine Verbindung zu ihr ist so eng und fest wie zu Christoph. Als ich letztes Jahr für eine Fortbildungswoche in der Provence war, befanden wir uns dort in einem Funkloch (wie heilsam und gut!), und so hatte ich ihr gleich nach meiner Ankunft mitgeteilt, daß sie mich nicht per Handy erreichen könne und wir uns ja auch schon in sechs Tagen wiedersehen würden. In der vierten Nacht dann träumte ich von einem Telefonanruf eines Bekannten, mit dem ich schon länger keinen Kontakt mehr hatte und der mir in einem Nebensatz mitteilte: »Ach übrigens, deine Tochter ist krank und wartet auf deinen Anruf.«

Beim Aufwachen am nächsten Morgen wußte ich, was ich zu tun hatte. Ich rief in der Mittagspause von der Telefonzelle auf dem Dorfplatz aus an und erreichte mein grippekrankes Kind: »Mama, mir geht es so schlecht, ich habe Fieber und kann kaum schlucken. Ich habe die ganze Nacht nach dir gerufen ...«
»Ja, meine Süße, ich habe dich gehört ... Morgen abend bin ich bei dir.«

Wie tröstlich ist immer wieder diese Zuverlässigkeit, mit der über die Schaltzentrale höheren Ortes bei mir »angeklopft« wird, wenn wichtige Nachrichten und Verbindungen anstehen!

Und Christoph – Du hast ihn als Schutzengel und Berater in Südamerika begleitet und hast damit Dein Versprechen an ihm gutgemacht. Weißt Du noch? Kurz vor Deinem Tod hatten wir alle gemeinsam beraten und beschlossen, daß unser Sohn auf sein Wünschen und Drängen hin nach dem Abitur in eine Wohngemeinschaft ziehen darf und nach abgeleisteter Zivildienstzeit und vor jeder Festlegung auf eine Ausbildungsrichtung »in die Welt ziehen darf« – was auch immer das heißen mag. Ich habe unser Wort gehalten, denn wer gehen will, muß gehen dürfen und kann auch wiederkommen.

Und Löwen brauchen die Weite der Prärie ...
Jetzt hat er also ein Studium in Berlin begonnen.
Beide werden noch ihre Zeit brauchen, bis sie sich ausreichend Raum und Zeit für ihre Trauer um Dich gegeben haben.
Sie haben mir den Vortritt gelassen nach Deinem Weggang, mich gestützt und begleitet. Aber jetzt läßt es sich nicht mehr aufschieben, die Arbeit um Dich als »Sparringpartner« ihrer Kinder- und Jugendzeit und der Verlust und die Trauer und Sehnsucht nach Dir sprengt ihre sorgsam aufgebauten Wälle.

Du wirst da sein für sie, nicht wahr? Und ich werde mein Bestes tun, was Dasein und Zurückhaltung betrifft, damit sie ihren Weg gehen können. Das fällt mir oft sehr schwer, aber ich lerne.

Wir werden ihnen helfen, Du und ich.

Du weißt doch: gemeinsam sind wir ein gutes Team, und Deine Erziehungs- und Beschützerpflicht ist noch lange nicht zu Ende. Oft genug schimpfe ich auch mit Dir: »Werde endlich mal aktiv von da oben aus! Schließlich hast Du von da oben die wesentlich bessere Übersicht und auch viel mehr Einwirkungsmöglichkeiten als ich! Und außerdem – wenn Du Dich schon so früh von deinen väterlichen Erdenpflichten verdrückt hast, dann mußt Du wenigstens, wenn ich Dich mal rufe, besonders gute Arbeit leisten ... Also, tu was!«

Gemeinsam sind wir ein gutes Team.

Und was lebe ich nun anders als vorher?

In mir schwelt eine uralte Sehnsucht nach Stamm und Zugehörigkeit, etwa wie bei den Indianern. Und das versuche ich zu leben: Liebe und Wärme gebend und empfangend, altersübergreifend, ein Band zwischen den Generationen webend und dabei voller Staunen, was jeder zu geben und mich zu lehren hat, in Ruhe und Kraft erzählend, was die eigene Weisheit vermitteln kann, den Kampf im Innern und Äußeren sich stellend, und all das in Begleitung und Bewußtsein der »Ahnen« – der eigenen Geschichte und der Anknüpfung an die eigenen Wurzeln.

Und so bereichern wir uns gegenseitig, die Grenzen absteckend und die Nähe suchend ...

Was meinen Anteil an dem Ganzen betrifft, so erfahre ich:

Je authentischer ich bin, um so klarer und fließender werden die Ereignisse, die Gefühle und das Zusammenspiel mit den Menschen meines Umgangs.

Und so enthält jeder Augenblick des Lebens die Fülle aller Möglichkeiten, von denen jede eine Perle in der Schnur ist auf dem Weg zur Erfüllung unseres Traums.

Es ist Silvester.

Unsere Kinder trudeln nach und nach mit ihren besten Freunden hier ein, um kurz zwischenzutanken, mit mir ein Glas Sekt zu trinken auf den bevorstehenden Jahreswechsel, sich gegenseitig in ihrer festlichen Aufmachung zu begutachten und begutachten zu lassen – jeder attraktiv, anziehend auf seine Art und Weise, alle miteinander in einer leichten Erregung vor einem Abend, der ein bißchen mehr und ein bißchen anders ist als sonstige Freundes-Treffabende und der ein neues Jahr mit Schritten in ein eigenes und noch unbekanntes Leben einläutet – für jeden von uns dreien. Wieder einmal wird es nötig sein, Abschied zu nehmen und allein weiterzugehen, für unsere beiden großen Kinder zum erstenmal in ihrem Leben, für mich zum ersten Mal seit 23 Jahren.

Wie gerne wüßten wir alle, was da auf uns zukommt, auf jeden einzelnen von uns – aber wie kann man Kontrolle ausüben über etwas, was noch gar keine Form hat?

Und da sehe ich Dich.

Du stehst mitten unter ihnen, das Sektglas lässig in der linken Hand, mit der rechten unterstreichst Du Deine Worte – charmant, mit sonorer Stimme, dann laut auflachend ... ein unbestreitbarer Mittelpunkt. Die alte Zuversicht, die immer von Dir ausging, ergreift mich: Es wird alles gut werden, du mußt nur wollen ...

Dein Lachen – es wird unsterblich bleiben. Dein Körper, seine Haltung, seine Gesten, Dein Mienenspiel, Deine Ausstrahlung – unsterblich und auf ewig da, in meiner Vorstellung und meinem Erinnerungsfilm. Ein Anker für Momente der Ängstlichkeit und der Unsicherheit.

Wann werde ich Dich wiedersehen?
Vielleicht noch in diesem Leben? Dann werde ich Dich sofort erkennen, auf den ersten Blick, das erste Fühlen.

Oh ja, mein Liebster.

Bis dahin vertraue ich auf Deine Begleitung und Deine Hilfen aus dem Hintergrund, die Gespräche, wenn ich wieder mal Deinen Rat brauche oder Du über Tag- oder Nachtträume Dir die Verbindung einforderst, um mit mir ins Gespräch zu kommen.

Und wenn mein Weg hier eines Tages zu Ende geht, wirst Du mich in Empfang nehmen an dem Tor ins Licht, wenn ich aufbreche zu meiner letzten Verabredung mit Dir.
Ich weiß, ich werde erwartet, wenn ich heimkomme, erwartet von dem Wanderer in meiner Seele, und das ist ein gutes Gefühl.

Aber bis dahin gibt es hier unten noch einiges zu tun – zu leben, die Freude zu leben.

Bis dahin, mein Geliebter!